16	3	2	13
5	10	11	8
9	6	7	12
4	15	14	1

Marconi Leal

OS ESTRANGEIROS

Ilustrações de Dave Santana

editora■34

EDITORA 34

Editora 34 Ltda.
Rua Hungria, 592 Jardim Europa CEP 01455-000
São Paulo - SP Brasil Tel/Fax (11) 3816-6777 www.editora34.com.br

Copyright © Editora 34 Ltda., 2012
Os estrangeiros © Marconi Leal, 2012
Ilustrações © Dave Santana, 2012

A FOTOCÓPIA DE QUALQUER FOLHA DESTE LIVRO É ILEGAL E CONFIGURA UMA APROPRIAÇÃO INDEVIDA DOS DIREITOS INTELECTUAIS E PATRIMONIAIS DO AUTOR.

Edição conforme o Acordo Ortográfico da Língua Portuguesa.

Capa, projeto gráfico e editoração eletrônica:
Bracher & Malta Produção Gráfica

Ilustrações:
Dave Santana

Revisão:
Isabel Junqueira
Lucas Simone

1ª Edição - 2012

CIP - Brasil. Catalogação-na-Fonte
(Sindicato Nacional dos Editores de Livros, RJ, Brasil)

Leal, Marconi, 1975-
L435e   Os estrangeiros / Marconi Leal;
ilustrações de Dave Santana — São Paulo:
Editora 34, 2012 (1ª Edição).
136 p. (Coleção Infanto-Juvenil)

ISBN 978-85-7326-489-0

1. Literatura infanto-juvenil - Brasil.
I. Santana, Dave. II. Título. III. Série.

CDD - 869.8B

OS ESTRANGEIROS

1. O ataque	9
2. Um homem branco?...................................	17
3. O engano..	23
4. Os pais	31
5. Prisão	39
6. Cálculos e planos	45
7. Fuga	53
8. Nova fuga...	59
9. A serra	67
10. Na mata, outra vez	73
11. O grande mar	81
12. Uma voz amiga	91
13. Anhana..	99
14. Saru...	109
15. O retorno..	119

OS ESTRANGEIROS

1.
O ATAQUE

Quem primeiro viu a aproximação foi Anhana, que correu para o centro da aldeia com seus passos atabalhoados, gritando e acenando com os braços, em desespero. Mas não dava para ouvir o que dizia. Só quando chegou a poucos passos da tribo é que puderam escutar seus berros:

— Eles estão chegando!

Nauru perguntou para a mãe, que segurava Saru no colo:

— Eles quem?

Mas não pôde ouvir a resposta, porque em seguida "eles" apareceram. Eram uns homens brancos, barbudos, cabeludos, sujos, cheios de roupas coloridas e, principalmente, carregando nos braços umas armas de pedra que cuspiam fogo. Alguns montavam uns bichos grandes de quatro patas, terríveis. Pareciam deuses.

— Socorro! — gritou a mãe.

Num instante, todos os Eçaraias saíram de suas ocas e se reuniram naquele ponto central, empunhando lanças, arcos e flechas. Mas foi impossível se defender. No momento mesmo em que Anhana chegou a um passo de Nauru, os homens brancos fizeram surgir o fogo mágico de suas armas, que se espalhou pelos ares.

Eles gritavam palavras numa língua estranha e tinham os olhos vermelhos de raiva. Nauru viu tios, primos, amigos e parentes caírem no chão, atingidos por aquela chuva de chispas e raios. O desespero foi geral.

Ao ver que seu pai também havia tombado no chão, com o arco imóvel nas mãos, Anhana decidiu:

— Atacar!

E avançou para cima daqueles horríveis brancos. Mas a mãe o segurou pelos ombros e disse, com o rosto apavorado e os olhos cheios de lágrimas:

— Acabou, Anhana. Acabou.

Ao lado dos brancos, Nauru podia ver muitos da tribo Aíba, que moravam numa aldeia distante e ajudavam os raios dos outros com suas flechas. Eram guerreiros valorosos, muito temidos na região, e inimigos dos Eçaraias. Estavam aliados aos brancos desde muito. Desde muito espalhavam terror pelas redondezas.

Na verdade, os Eçaraias sabiam que aquele dia chegaria e tinham se preparado para o confronto. Notícias vindas de tribos vizinhas davam conta de uns certos homens de cor branca, estranhos, parecidos com deuses, montados em onças gigantes e que tinham o poder do raio.

Vinham destruindo aldeias por onde passavam e levavam aprisionados os índios. Alguns acreditavam que eles eram deuses mesmo. Ou seres da floresta. O certo é que nenhum dos Eçaraias havia visto aquela gente de perto. Muitos nem mesmo acreditavam que existissem de verdade.

Quando surgiram, a visão poderosa os deixou paralisados. Sim, aqueles deuses, ou gênios, ou demônios, aquela gente, fosse o que fosse, era real. Tinha o poder do fogo. Possuía montarias como nunca vistas antes. E estava disposta a se vingar dos Eçaraias, como tinham se vingado de outros povos, sem que ao menos se soubesse o motivo de tanta fúria.

Não havia o que fazer. A reação dos Eçaraias era muito tímida. Nauru estava abraçado ao irmão Anhana, olhava para a mãe com Saru nos braços, para o pai ferido no chão, para os brancos e seus gritos e suas armas e seus cavalos. Não sabia o que pensar, o que dizer.

Após o primeiro ataque, os brancos agora recolhiam e amarravam os inimigos, juntavam alguns em grupos e os mandavam ficar sentados ou acocorados. Naquele momento, um deles, agressivo, veio na direção de Nauru, Anhana, Saru e da mãe. Ela então, apavorada, depositou rapidamente o menino nos braços fortes de Anhana e disse a Nauru:

— Cuide dos seus irmãos.

— Mas, mãe... — tentou argumentar o menino.

— Corram! — foi a resposta dela, ao ver que o homem branco estava próximo.

— Mãe...

— Corram! Corram!

Anhana puxou Nauru pelo braço e eles dispararam na direção dos matos, ouvindo a explosão de fogos que cruzavam sobre suas cabeças. Dois dos índios Aíbas os perseguiram.

— Vem, Nauru! Vem! — pedia Anhana, que tinha uma habilidade incomum para correr e conhecia as trilhas da floresta como ninguém.

Os Aíbas estavam bem próximos. Podiam ouvir seus passos. Nauru tentava a todo custo acompanhar os passos ligeiros do irmão, com o péssimo pressentimento de que seria capturado a qualquer momento. Saru chorava.

A sorte é que os Aíbas não conheciam muito bem aquela parte dos matos. Ao contrário de Anhana, que seguia em passo firme, cortando por picadas misteriosas e caminhos escuros. Aos poucos, os passos dos perseguidores foram ficando cada vez mais distantes. Até que, por fim, não eram mais ouvidos.

— Mais devagar, Anhana — pediu Nauru, então, sem fôlego.

— Em frente — foi a resposta do irmão.

E eles prosseguiram, sob o ímpeto de Anhana, impossível de ser parado. Foi assim que entraram numa região da mata que nem o próprio Anhana conhecia mais. Àquela altura, Saru já havia parado de chorar. Brincava com o colar da mãe, que havia arrancado do seu pescoço ao ser depositado nos braços do irmão mais velho.

— Aonde a gente está indo, Anhana? — perguntava Nauru.

— Estamos indo... Indo. Simplesmente indo.

— Nós estamos perdidos!

— Não. Vem. Vamos.

Uma das coisas mais difíceis do mundo era convencer Anhana de alguma coisa quando ele havia posto outra na cabeça. Então eles seguiram adiante, no mesmo passo forçado. Caminharam por horas. Estava anoitecendo. Dali a pouco seria impossível prosseguir mata adentro.

Estavam com fome, sede e cansados. Nada encontraram que pudesse ser comido. A certa altura, Nauru segurou o irmão pelos ombros e disse, apontando para uma pedra:

— Vamos descansar aqui, um pouco.

Contrariado, Anhana concordou. Nauru tomou Saru nos braços. O menino dormia. Apanhou o colar da mãe, que pendia de seus dedos, e o amarrou no próprio pescoço. Só então desatou num choro compulsivo. Anhana, que continuava em pé, virou de costas e fez o mesmo.

Estavam perdidos, sem saber para onde ir, sem ter onde dormir, sem tribo, sem oca, sem mãe nem parentes. Que teria acontecido com seu pai, que havia sido ferido? Qual seria o destino de seu povo? Uma dor sufocante calou os dois irmãos.

Durante muitos minutos nada disseram. Só se ouviam os sons dos bichos da mata. Até que, num estalo, Anhana se virou para Nauru e disse, surpreso:

— Ouça!

Nauru se levantou rapidamente e se preparou para correr, imaginando que os Aíbas se aproximavam. Mas o irmão o conteve e repetiu:

— Ouça!

Nauru parou um momento e então escutou, ao longe, barulho de água corrente.

— Um rio! — falou.

— Isso mesmo. Vamos.

Confiando no irmão, Nauru se pôs a caminho. Guiando-se pelo som das águas, eles percorreram uma longa distância. Às vezes, o barulho do rio ficava bem próximo, outras se distanciava. Andaram em círculos, se perderam, erraram o caminho várias vezes.

Até que, enfim, já no meio da noite, chegaram à margem de um riacho e correram como loucos para dentro do curso d'água, para saciar a sede que ressecava suas gargantas. Fazendo festa com a descoberta e banhando-se alegremente, não repararam quando alguém se aproximou deles com uma tocha nas mãos.

Era um homem branco. Com olhar severo, perguntou rudemente:

— Quem são vocês?

E Nauru sentiu o sangue gelar novamente, como quando tinha visto aqueles terríveis homens brancos pela primeira vez.

2.
UM HOMEM BRANCO?

O branco se aproximou mais um pouco e repetiu, do mesmo modo:

— Quem são vocês?

Sem pensar um segundo, Anhana se levantou da água e gritou:

— Atacar!

Em seguida, correu com os punhos fechados na direção do sujeito. Mas Nauru, tirando forças sabe Deus de onde, conseguiu segurá-lo.

— Eu não vou fazer mal a vocês — disse em seguida o estranho, que tinha poucos dentes na boca e, apesar de usar parte das roupas dos brancos, estava descalço e nu da cintura para cima.

O que chamou a atenção de Nauru foi, principalmente, o fato de ele falar uma língua muito parecida com a sua. Era possível entender o que dizia perfeitamente. Além disso, tinha o cabelo escorrido e negro e os olhos um pouco puxados, como os do seu povo.

— De onde vocês vêm? — falou o homem, acocorando-se e sorrindo num gesto amigável.

Saru, já desperto, agarrou-se às pernas de Nauru com força. Lágrimas voltaram a escorrer de seus olhos. Anhana falou:

— Vou enfrentar esse branco, seja ele um deus ou o que for!

Ao ouvir aquilo, o sujeito riu e disse:

— Não precisam ter medo. Só quero ajudar.

Mas quem haveria de acreditar em gente daquela cor? E se ele tivesse escondida uma daquelas armas de atirar fogo e pedra? E se quisesse queimar os meninos com a tocha que tinha nas mãos?

— Estão com fome? — insistiu o outro. — Venham comigo. Tenho comida aqui perto, a poucos passos. Venham, amigos.

A palavra "comida" surtiu um efeito mágico em Anhana, que comia bastante e, como todos, estava faminto. Ele olhou para Nauru como se pedisse um conselho. Apesar de mais velho, era ao irmão que recorria para resolver problemas que envolvessem mais o pensamento que a força bruta.

Nauru, por sua vez, ficou mais impressionado com a palavra "amigos" que com a comida oferecida. Olhou fixamente para o homem, tentando descobrir se aquele rosto risonho escondia alguma armadilha.

— Não vamos sair não, Nauru, por favor — pediu Saru, pendurado na perna do irmão.

A frase revelava o quanto o menino estava com medo, pois Saru raramente falava. Tinha seis anos e, em todo o seu tempo de vida, não deve ter dito mais que cem palavras. Era silencioso, sério e observador.

O exato oposto de Anhana que, ao longo de seus quatorze anos, provavelmente havia falado algumas centenas de milhares de palavras. Nem sempre oportunas, diga-se de passagem. O que o irmãozinho tinha de observador, sério e silencioso, ele tinha de ruidoso, festeiro e enérgico.

Os dois confiavam cegamente em Nauru que, com seus doze anos, parecia ter a inteligência de um adulto e a desconfiança de um velho. E a quem, antes de ser capturada, a mãe havia recomendado a guarda dos irmãos.

— Sem medo, Saru — pediu Nauru, lembrando-se das palavras dela. E, em seguida, após pensar um pouco, se dirigiu ao homem, falando: — Vocês atacaram a minha tribo.

O homem franziu a testa, surpreso, e respondeu:

— Os bandeirantes, você quer dizer. São chamados de bandeirantes aqueles homens que invadiram sua aldeia. Não faço parte do grupo deles.

— Pode nos levar de volta para nossa mãe? — quis saber Saru, com voz tímida, escondido atrás de Nauru.

— Mas, claro! Vou levar vocês de volta para sua mãe. Podem confiar.

— E essa história de comida?... É verdade? — perguntou Anhana, que já não aguentava mais tanta fome.

— Venham comigo e confiram.

Os dois irmãos consultaram Nauru com os olhos. Ele pensava, de cabeça baixa. Em seguida perguntou, desconfiado:

— Pode nos levar de volta para nossa tribo?

— Sim, claro! — respondeu o outro. — Venham comigo. Comam, durmam e amanhã cedo estarão em casa.

Nauru voltou a baixar a cabeça e ficou mastigando os lábios em silêncio. Começava a fazer frio, sua pele estava engelhada em função do contato com a água e a fome era realmente grande. Pressionado, decidiu:

— Vamos.

Os três saíram da água e seguiram o homem. Andaram cerca de dois quilômetros até chegarem a um galpão de palha, parecido com uma oca. Ali dentro, uma dúzia de garotos, índios de diversos povos, estavam sentados, tomando um mingau de mandioca, protegidos do frio pela fogueira acesa no centro da habitação.

— Tem comida para todo mundo — afirmou o branco. — Peguem suas cuias, sentem-se e comam.

Os meninos fizeram como ele havia dito. A comida estava boa e o local era confortável, principalmente para quem havia passado tanto tempo perdido na selva. Após comerem, se agruparam num canto, encostados uns nos outros e, cansados, acabaram adormecendo.

Na manhã seguinte, acordaram com um barulho de vozes. Ao saírem do galpão, repararam que havia uma imensa jangada na margem do rio e que o homem que os havia trazido até ali conversava com um branco, numa língua que eles não entendiam.

O recém-chegado era jovem, vestia uma única roupa escura que descia do pescoço até os pés, usava um colar de onde pendia um símbolo estranho de madeira e, apesar de branco, muito branco, tinha poucos pelos no rosto e o cabelo louro cortado rente. Não aparentava a sujeira dos homens que atacaram os Eçaraias.

Ao final da conversa com o dono do galpão, entregou a ele um pequeno saco, cheio de pedras de ouro, fez um aceno com a cabeça e subiu no barco.

— O que está havendo? — perguntou Nauru ao desdentado.

— Como o que está havendo? Vocês não queriam voltar para casa? Pois, então? Subam no barco. Vão de volta para sua tribo.

Então, a exemplo dos demais indiozinhos, os garotos subiram na grande canoa, que logo zarpou, deixando o galpão para trás. Anhana e Saru estavam tranquilos. O primeiro, inclusive, conversava alegremente com os meninos das outras tribos. Nauru, pelo contrário, estava sério e pensativo. E, quanto mais a embarcação se afastava do galpão, mais compenetrado parecia.

Até que, ao fim de meia hora de viagem, mais ou menos, ele reconheceu um trecho do percurso e se levantou num salto, muito agoniado. Apontando para um monte no meio da selva, gritou para Anhana:

— Aquela é a Pedra do Sonho!

— Sim, e daí? — falou o outro, despreocupado.

— E daí que fomos enganados! Fomos enganados, Anhana! Não estamos indo de volta para casa coisa nenhuma!

— Não? — estranhou o outro, sem acreditar no que ouvia.

— Não! — confirmou Nauru. — Estamos nos afastando da aldeia!

Ao escutar aquilo, os olhos de Saru se encheram de lágrimas.

3.
O ENGANO

Anhana olhou para Nauru com a maior cara de espanto que alguém já foi capaz de fazer e perguntou:

— Como assim? Não estamos indo para casa? E para onde estamos indo?

— Boa pergunta — falou Nauru.

— Então vamos parar. Vamos sair. Vamos descer, agora!

— Seria simples, Anhana, se a gente não estivesse no meio do rio! — irritou-se Nauru.

— A gente pula! A gente nada! Vamos!

Dizendo isso, ele se levantou com um impulso tão forte que o barco derivou. Então o branco, que estava calmamente sentado no centro da embarcação, virou a cabeça para onde estavam os meninos, vagarosamente, e fez um sinal com um pano para um dos remadores.

Este veio até Anhana e o empurrou com os dois braços pelos ombros, fazendo-o cair sentado. Em seguida, levantou o braço, ameaçando-o. E Anhana, que era bravo, mas não era louco, ficou calado. Não só pelo fato de o sujeito ter cerca de dois metros e músculos de fazer inveja aos homens mais fortes dos Eçaraias. Mas, principalmente, por um motivo: o homem tinha a pele negra.

Sim, era verdade. Por incrível que parecesse, não só aquele homem, mas todos os remadores do barco tinham cor negra, uma coisa nunca vista antes. Eles estavam descalços como os índios. E usavam apenas um tecido grosso na parte de baixo do corpo, que descia até a metade da canela, mais ou menos.

A visão dos brancos já havia chocado os garotos. Agora, entravam em contato com sujeitos que possuíam o corpo da cor da noite e cabelos de uma feitura muito diferente, com pequenos tufinhos encaracolados. De repente o mundo tinha ficado estranho, com criaturas de cores diversas. Nada se parecia com a aldeia dos Eçaraias.

— E agora, Nauru? — perguntou Anhana, depois de recuperado do susto.

— Não sei. Tenho que pensar.

— O que eles vão fazer com a gente?

— Nada de bom, pelo jeito.

— Eu quero voltar para casa, Nauru — choramingou Saru, segurando-se no corpo do irmão.

O barco seguia adiante, descendo o curso d'água que, a certa altura, se alargava e aprofundava, deixando para trás as terras conhecidas dos meninos. Eles estavam entrando num território novo, afastando-se cada vez mais da aldeia.

— Eu quero voltar para casa, Nauru — repetiu Saru.

Nauru não sabia o que fazer. Se estivessem ao menos próximos da margem, poderiam tentar saltar e nadar até ela. Mas navegavam pelo centro do rio. Tampouco adiantaria lutar contra aqueles fortes homens de cor negra. Os brancos tinham armas que cuspiam fogo e animais mágicos. E eles, do que seriam capazes?

— Os meninos não precisam se preocupar — disse então, inesperadamente, o branco.

Olhava para um ponto fixo no espaço e falou na língua dos garotos, mas de uma maneira difícil de entender. Suas palavras soavam pesadas. Tinha, também, um jeito superior, como se estivesse tratando com pessoas sem muita valia.

Nauru não teve certeza de que falava com eles nem entendeu direito o que o homem quis dizer, por isso perguntou:

— Como?

Após uma longa pausa, olhando para o mesmo local, sem o encarar, o sujeito respondeu:

— Não tenham medo, eu disse.

— Mas, senhor, me desculpe... eu pensei que o senhor estivesse nos levando para casa.

— E estou — respondeu o homem, fechando os olhos.

— Então, com licença, mas acho que o senhor perdeu o caminho. Nossa casa fica para lá, ó — disse Anhana, apontando para trás.

— Não, não, não. Sei muito bem o que estou fazendo.

— O senhor vai nos levar para ver nossa mãe? — perguntou então Saru, escondendo a cabeça entre os joelhos de Nauru.

— Vocês e todos os outros que aqui estão. Para a sua mãe e para o seu pai.

— Nosso pai! — gritou Anhana, eufórico. — Então ele continua vivo?

— Vivíssimo, amiguinho. Vivíssimo.

— Calma, espere um pouco, senhor — falou Nauru, confuso. — Não estou entendendo. Onde estão os nossos pais, afinal de contas?

— Vocês verão.

— Não estão na aldeia?

— Em local seguro. O local mais seguro de todos.

— Onde?

— Não tenham medo. Eu estou aqui para salvá-los. Vocês serão salvos. Vou levá-los em paz para sua verdadeira casa.

Anhana soltou gritos de alegria e sacudiu o pobre Saru no ar, que até deixou a natural sisudez e gargalhou. Estavam indo para casa! Seus pais estavam bem! Em breve, todos iriam se reencontrar!

— Não façam barulho — pediu o homem, tapando os ouvidos com as mãos e fazendo uma careta. E repetiu: — Por favor, não façam barulho.

Só então Anhana se aquietou:

— Desculpe-me, hein? Desculpe-me!

E se recostou outra vez na canoa. Mas, inquieto, incapaz de se conter, sussurrou:

— Que me diz, Nauru? Que me diz, hein? Até que os branquelos não são tão maus assim. Vamos reencontrar nossos pais!

Nauru nada disse. Passou entre os dedos o colar da mãe que pendia de seu pescoço e acarinhou a cabeça do irmão mais novo, enquanto pensava, mordendo os lábios, de cabeça baixa.

O barco seguia adiante. Os remadores negros iniciaram uma cantiga muito triste, numa língua diferente, que desagradava visivelmente ao branco, o qual não parava de fazer caretas azedas.

A viagem durou quase um dia. Quando a fome apertava, o branco tirava de um saco punhados de farinha, que distribuía entre todos. Então fazia uns sinais esquisitos e elevava a comida acima da cabeça. Antes de dormir, também sussurrava e levantava os braços, como se falasse com o ar.

— Que será que ele tem? — perguntou Anhana certa vez, observando a cena.

— Acho que não regula bem — respondeu Nauru.

Minutos após esse diálogo, eles viram os primeiros sinais de terra. Pouco depois, enxergaram o que parecia ser uma aldeia. Mas uma aldeia muito diferente das que conheciam. Seu chão não era de terra. Suas ocas não eram feitas de palha.

— Que lugar é esse? — perguntava Anhana, ansioso.

O barco ancorou. Os meninos desceram e foram colocados em fila. Os negros puseram o branco numa cadeirinha e o levaram sobre suas cabeças pelo chão de pedra daquela estranhíssima aldeia. Os indiozinhos os seguiam, admirados com o que viam.

Ao final de uma longa caminhada, finalmente chegaram diante de uma taba de pedra, imensa, onde havia vários brancos vestidos como o que os guiava e outros tantos negros. O lugar era todo fechado por altos muros. Quando entraram, o largo portão de madeira foi fechado.

— É aqui que estão nossos pais? — perguntou Nauru, cabreiro.

O branco, que já havia descido da cadeirinha, apenas sorriu:

— Sim. Por aqui. Venham.

E os meninos, espantados, o seguiram.

Os estrangeiros

4.
OS PAIS

A oca principal daquela aldeia era um grande edifício de pedra, meio branco, meio marrom. Para entrar nele era preciso subir uma série de pedras polidas, postas umas sobre as outras, até se chegar à porta. Ali dentro havia um espaço imenso, cheio de objetos que os meninos desconheciam.

Sim, havia algumas cabaças, alguns cestos e coisas desse tipo, mas todas feitas de um modo novo, pintadas de um jeito diferente, com formatos jamais vistos. No centro desse impressionante galpão de pedra havia um outro aparelho daqueles de subir, só que feito de madeira. Pedaços de madeira sobre pedaços de madeira levavam a uma oca, que ficava em cima da oca principal. Coisa impressionante!

Àquela altura, diante de imagens tão assombrosas e imprevistas, os garotos já não tinham dúvidas de que estavam na casa de um deus ou de uma entidade muito poderosa. O que ficava ainda mais evidente com os constantes pedidos que o branco fazia para que mantivessem silêncio.

— Eu estou com medo, Nauru — falou Saru. — Cadê mamãe?

— Segure aqui a minha mão. Calma — pedia Nauru.

Enquanto isso, Anhana não conseguia manter a boca fechada, estava espantadíssimo:

— Que lugar fantástico! Que coisa impressionante, Nauru! Que belo local escolheram para guardar nossos pais!

Chegaram ao andar superior, acompanhados dos demais indiozinhos, e se depararam com algo que só podiam comparar com uma caverna. Paredes de pedra dos dois lados formavam uma linha reta, longa, onde várias portas haviam sido abertas. Cada uma destas, por sua vez, dava passagem para uma pequena oca.

Enfim, aquele lugar era um não acabar de ocas, umas dentro das outras, com um telhado de madeira e barro como nenhum Eçaraia no mundo seria capaz de conceber. Aquele povo certamente tinha poderes impensáveis. Se não eram deuses, certamente algum contato com seres superiores eles possuíam, porque era evidente que uma pessoa normal, um homem comum, não seria capaz de construir tudo aquilo.

— Eu quero voltar, Nauru — disse Saru.

— Ficou louco, pequeno? — respondeu Anhana. — Eles estão levando a gente para os nossos pais! E mais do que isso, talvez. Quem sabe este senhor branco não nos apresenta a um deus, ou até dois? Que maravilha!

Saru arregalou os olhos e se tranquilizou. Uma única coisa desejava: tornar a ver a mãe. Nauru nada disse.

— Por aqui, entrem — falou o branco, quando eles atingiram uma porta, ao final da caverna.

Os garotos entraram todos ali e, como antes, se depararam com artefatos espetaculares. Alguns em particular chamavam a atenção: eram homens e mulheres brancos, em miniatura, imóveis, enfileirados ao longo das paredes. Ao pé deles, havia pequenos canos com um fio na ponta, onde estava aceso fogo.

Ninguém pôde conter o espanto:

— Oh! — soltaram os curumins em coro.

O chão do lugar era de madeira. Largas e longas ripas iam do princípio ao fim do ambiente quadrado. Ao fundo, um homem branco, bem mais velho e gordo que aquele que os havia trazido até ali, estava sentado num banco extraordinário, alto, muito alto, e feito de ouro.

À sua frente, havia uma grande tábua de madeira, com pés, um objeto pesado, onde ele apoiava as mãos, observando com um sorriso os recém-chegados. Atrás dele, na parede, estava exposto o mesmo símbolo que aqueles brancos carregavam no colar, só que maior, onde dava para ver melhor o corpo e as feições de um homem.

O velho tinha as bochechas rosadas, os olhos miúdos e poucos cabelos brancos. Balançava a cabeça de um canto a outro, como se contasse aqueles que chegavam. Vez por outra, levava a mão a uma cumbuca de prata, de onde retirava pequenos bolinhos, que cheirava e comia.

Nenhum dos garotos se sentia capaz de dizer o que quer que fosse diante daquele espetáculo misterioso. Calados, passeavam os olhos pelas paredes, pelo teto, pelo chão, parados num mesmo canto.

Coube então ao branco jovem se adiantar, baixando um pouco a cabeça, e se dirigir ao gordo, que estava sentado. Naquele momento, Nauru percebeu uma incrível mudança no seu comportamento.

Antes, o jovem parecia sério, contido, superior, distante: falava como se fizesse um favor. Agora, diante do branco mais velho, gesticulava bastante, com um sorriso bobo no rosto, escutando o que o outro dizia com grande interesse, como se aquele é que fizesse um enorme favor ao falar com ele.

Os dois trocaram algumas palavras, de que os meninos nada entenderam, por falarem na língua dos brancos. Ao fim da conversa, o homem que estava sentado se levantou, apoiado numa espécie de vara prateada.

Lentamente, passeou pela sala, ora colocando a mão sobre a cabeça de um menino, ora alisando o rosto de outro, ora apalpando os lábios, os ombros, pernas e braços dos curumins. Enquanto fazia isso, o branco jovem dizia uma palavra ou outra, como se desse explicações.

Ao fim da inspeção, este fez com que os índios formassem uma roda e ficassem de joelhos. O outro então se postou no centro dela e falou, na língua dos garotos, mas também de maneira pesada:

— Sejam bem-vindos a sua nova casa!

Aquelas palavras entraram como uma faca pontiaguda no peito de Nauru.

— Nova casa? — perguntou ele.

Imediatamente, o branco mais novo se dirigiu ao menino, enérgico, raivoso, e exigiu:

— Silêncio!

Mas o velho fez um sinal benevolente com a mão e, virando-se para o garoto, falou:

— Sim, meu querido, esta é sua nova casa. A casa de todos.

— Eu não estou entendendo nada, Nauru! Eu não estou entendendo nada! — falou Anhana que, pela primeira vez, demonstrava nervosismo.

— Cadê mamãe? — choramingou Saru.

— Isso mesmo! — continuou Anhana, mais tenso, dessa vez se pondo de pé e falando diretamente para o velho. — Cadê nossos pais?

Mais uma vez o jovem branco exigiu silêncio, apanhando uma fina vara que estava sobre um móvel. Mas, de novo o branco gordo o refreou com um gesto e ele retornou para o seu canto, vermelho de raiva.

— Seus pais estão aqui — explicou então o senhor.

— Aqui? Onde? Cadê? — perguntou Anhana, num misto de angústia e excitação, olhando para todos os lados.

— Ali e ali — disse então o velho, apontando para o grande símbolo que enfeitava a parede atrás de sua mesa e, depois, para uma daquelas imagens, uma miniatura de mulher branca, postada no canto da sala.

— Ahn? — foi a única coisa que Anhana conseguiu dizer, a princípio, sem entender nada. Mas, após alguns segundos, revoltado, gritou: — Meus pais não são feitos de pedra e madeira, meu senhor! Onde estão os meus pais? Eu quero os meus pais!

O velho apenas sorriu, o mesmo sorriso benevolente:

— Você vai ter tempo para entender.

E, em seguida, fez um aceno de cabeça para o branco mais moço, que saiu da sala. Anhana então olhou para Nauru, em desespero:

— O que é isso, Nauru? O que eles estão falando, o que estão dizendo?

— Eles transformaram papai e mamãe em pedra,

Nauru! Eles transformaram papai e mamãe em madeira e pedra! — desesperou-se por sua vez Saru.

Nauru ia dizer qualquer coisa mas, naquele momento, o jovem branco voltou, acompanhado de alguns negros que conduziram as crianças para fora da sala, da caverna e, por fim, da oca. Depois, cortando pelo meio da taba, os lançaram dentro de um lugar escuro, onde foram trancados.

Anhana investiu contra a porta, dando murros e pontapés. Outros fizeram o mesmo, sem resultado. Algumas crianças choravam, outras permaneciam em choque, ou cantavam melodias tristes, ou puxavam os cabelos em desespero.

— Tirem-me daqui! — berrava Anhana, roxo de ódio.

Nauru trouxe Saru ao colo e, mordendo os lábios, foi se sentar num canto da sala, meditando, silencioso. Não havia o que fazer. Estavam todos presos.

5.
PRISÃO

Bastaram alguns dias para Nauru entender como as coisas funcionavam dentro daquela aldeia branca. Em primeiro lugar, eles tinham um cacique, que era aquele senhor idoso e gorducho que haviam conhecido assim que chegaram. Depois, havia uma série de pajés, que se vestiam exatamente como o branco mais moço. Os brancos, ali, eram chamados de "jesuítas".

Além deles, havia alguns homens negros. Estes, ao contrário do que Nauru pensara a princípio, não mandavam em nada, não tinham poder algum. Muito pelo contrário: faziam todo tipo de serviço na aldeia — colhiam, plantavam, cozinhavam, limpavam, lavavam — e, apesar disso, eram tratados de forma bruta.

Eram chamados de "escravos". Suas ocas ficavam afastadas da oca principal. E um homem, também negro, os vigiava e ameaçava o tempo todo com um chicote. Às vezes, eram castigados e presos num tronco.

Por fim, havia os curumins. As crianças moravam também num abrigo especial, sob a vigilância dos pajés. Receberam uma roupa de pano branco e grosso, que deviam vestir o tempo todo. E tinham que fazer aquilo que os homens brancos chamavam de "estudar": "aprender a rezar, calcular, ler e escrever".

Os brancos ensinaram aos meninos que a fala deles podia ser copiada num papel, assim como a dos próprios brancos, e que a contagem de objetos e animais podia ser exposta com tinta. Então, a maioria do tempo passavam em grupo, na companhia dos pajés, que explicavam a eles como fazer essas mágicas. Além disso, também ajudavam a plantar e colher na horta.

Mas o que realmente deixou a todos os índios impressionados foi uma outra parte das chamadas aulas que os brancos ministravam. Ora, eles tentavam mostrar aos meninos de todas as maneiras que Tupã e os deuses todos não passavam de invenções maldosas dos pajés de suas aldeias. Na verdade, diziam, existia apenas um Deus, esse Deus se dividia em três — Pai, Filho e Espírito Santo — e a mãe de todos eles se chamava Maria.

Maria era representada por aquela figura estática que eles tinham visto na sala do cacique. O Filho se chamava Jesus, que, por sua vez, era aquele homem pregado numa cruz, cuja imagem os brancos carregavam em seus colares. Jesus havia morrido para salvar a todos do pecado, inclusive os índios. E era a ele e a sua mãe que os meninos deviam recorrer, em reza, nos momentos de tristeza ou dificuldade.

Se os curumins se comportassem bem, respeitassem os brancos, fizessem direitinho o que eles mandavam, quando morressem suas almas iriam para o Paraíso, um lugar muito bom, onde não havia dor nem sofrimento. Mas, caso fizessem coisas erradas e desrespeitassem os brancos, iriam direto para o Inferno, um lugar terrível, cheio de fogo e dor.

Em resumo, era mais ou menos isso o que os brancos diziam. Tinham trazido os garotos ali para salvar as almas deles. Pois, caso tivessem permanecido em sua aldeia natal, iriam para o tal Inferno, sem salvação. Os meninos eram livres para fazer o bem, ensinavam. E tinham que dedicar sua vida ao bom Deus, que tudo faria por eles. Não eram escravos, eram gente como os brancos.

Sendo assim, diariamente os meninos dividiam seu tempo entre estudo, trabalho na horta e orações. O local dos rituais dos brancos era uma oca grande e pontiaguda que ficava ao lado da casa principal da aldeia. Ali não havia as danças tradicionais dos Eçaraias. A bebida cerimonial se chamava "vinho". E a fumaça vinha daqueles caninhos com uma cordinha na ponta, que eles chamavam de "velas".

Todas essas informações impressionaram muitíssimo os três irmãos. Será que tudo o que tinham aprendido até então estava errado?

Sim, era certo que aquele Deus, seu filho Jesus e Maria tinham um poder descomunal. Bastava ver tudo quanto os brancos haviam conseguido construir naquelas terras, como se fartavam de comida e bebida, como dominavam os animais e até outros seres humanos.

Mas quem seria capaz de esquecer a aldeia natal, os pais e parentes? Quem não desejaria a liberdade que tinha em sua terra de origem? Quem não sentiria falta da natureza, do cheiro de mato? Os meninos ficaram confusos, perplexos, perturbados.

No entanto, essa perplexidade tinha um preço e o preço era o castigo. Os pajés brancos não admitiam dúvidas a respeito de seus ensinamentos. O que diziam era lei. E aquele que não cumprisse a lei, que discordasse dela ou ao menos tentasse questioná-la, era punido.

Os curumins estavam proibidos de realizar seus rituais, cantar suas cantigas, comer suas comidas preferidas. Acordavam quando os brancos queriam, dormiam quando eles mandavam. Os olhos dos pajés, na Terra, e os terríveis olhos de Deus, no Céu, estavam constantemente sobre eles. Tinham que pedir desculpas e perdão por tudo e a todos. E, muitas vezes, sem que soubessem por que, recebiam castigos.

Saru, talvez por ser o menor dos três e apesar de sentir bastante a falta da mãe, foi o que melhor se adaptou à nova vida na tribo dos brancos. Era constantemente elogiado pelos mestres. Rapidamente aprendeu a ler, a escrever e a contar. Fazia suas orações pontualmente, com rigor e correção, e seguia as ordens sem discutir.

Nauru, por sua vez, sempre precavido, suspeitava que por trás das palavras e atos dos brancos se escondia alguma armadilha. O que queriam? Por que tinham mais poder que os outros? Por que sempre a eles era dada a melhor comida, a melhor bebida? Por que se sentavam nos melhores lugares? Aquilo o indignava. Tinha plena certeza de que aquele não era o seu lugar. Mas, por outro lado, temia a ira tremenda do Deus branco e que seus pensamentos rebeldes o lançassem de cabeça no Inferno.

Já Anhana, não tinha meio-termo. Não acreditava em nada do que os brancos diziam, não se interessava pelos estudos, não cumpria as ordens e a todo momento discutia com os pajés ou brigava com os outros meninos. Sua revolta aparecia nos olhos vermelhos de raiva, nos gritos, nos insultos aos brancos.

— Mentirosos! Falsos! Fingidos! — urrava, sem medo, diante de quem quer que fosse.

Em função disso, era constantemente punido. Mas de nada adiantava. Diariamente, tornava a berrar sua revolta a quem quisesse ouvir e, à noite, se não havia sido recolhido a uma cela solitária em função da teimosia, repetia constantemente para Nauru, chorando:

— Eu quero fugir daqui! Eu quero fugir daqui!

Aquelas suas falas cortavam o coração do irmão e acendiam em Saru novamente a profunda dor provocada pela ausência da mãe. Então, aos prantos, os três se abraçavam no escuro do quarto silencioso.

Durante meses as coisas se passaram assim. Até que, um dia, Anhana deu uma resposta particularmente ofensiva a um dos pajés, exatamente aquele primeiro jovem que os tinha trazido até ali.

— Tupã é maior, mil vezes maior que o seu Deus! — falou, de repente, no meio de uma aula.

Os olhos do outro brilharam de ódio. No momento, nada disse, e continuou a explanação. Mas, naquela noite, Anhana foi recolhido a uma cela especial e sofreu castigos assustadores. Seus gritos não deixaram a casa dormir até de madrugada.

Na manhã seguinte, sem forças, foi retirado da cela, carregado nos braços por dois negros, e jogado sobre uma carroça cheia de feno.

— Anhana! — gritaram Nauru e Saru ao verem o cocheiro partir da aldeia, levando embora, para sempre, seu irmão.

6.
CÁLCULOS E PLANOS

Desde o dia em que viu o irmão mais velho ser maltratado e expulso, Nauru não pensou em outra coisa a não ser numa maneira de fugir daquele lugar. A tarefa era difícil, pois a aldeia dos brancos era toda cercada e muito bem vigiada. Dia e noite, no entanto, ele fazia seus cálculos e armava seus planos.

Dentre os meninos que estavam com ele, fez amizade com um de nome Amanajé, da tribo dos Aíbas. Apesar de Aíbas e Eçaraias serem inimigos históricos, os dois ficaram muito íntimos e, com o passar do tempo, Amanajé confidenciou ao amigo também seu desejo de fugir. A partir de então, os dois passaram a andar sempre juntos, ligados por uma forte amizade.

Além de Amanajé e de Saru, seu irmão, Nauru, sempre desconfiado, travava contato com poucos moradores da aldeia. Gostava principalmente de um dos pajés, Isaías, um senhor risonho que tinha uma maneira de ensinar totalmente diferente da de Tiago, o jovem que os tinha trazido na canoa até a casa dos brancos.

Isaías parecia uma criança em meio aos curumins.

Inventava brincadeiras, contava histórias divertidas e falava de Deus, Maria e Jesus sem propor castigos ou fazer ameaças. Em vez disso, descrevia as alegrias e os prazeres que tinham na Terra e teriam no Paraíso aqueles que acreditassem no Deus branco.

Suas aulas eram conversas em que muitas vezes usava as crenças e mitos dos próprios índios para melhor se fazer compreender. Gostava de cantar e ensinou às crianças muitos hinos religiosos, tão bonitos que davam vontade de chorar. Carinhoso e gentil, tinha sempre ao seu redor uma legião de garotos dispostos a ouvir o que tinha a dizer. Era um homem bom.

Boa e generosa também era Mulambi, uma das negras que preparavam a comida dos brancos e do resto da aldeia. Sempre que possível, Nauru se dirigia à oca em que ela cozinhava com outras dezenas de negras e Mulambi, às escondidas, lhe arranjava algum doce ou salgado daqueles destinados exclusivamente aos brancos.

Essas eram, portanto, as pessoas com quem Nauru mantinha contato. De resto, enquanto meditava numa maneira de escapar dali, passou a se comportar de maneira exemplar. Seguia fielmente as ordens dos brancos, rezava quando tinha que rezar, fazia os rabiscos no papel, desenhava letras e números, aprendia a fala deles. O mesmo ocorria com Amanajé. E, à noite, eles trocavam ideias sobre a futura fuga.

Saru, de sua parte, transformou-se no primeiro aluno da aldeia, destacando-se muito dos demais curumins. Era o pupilo predileto de Tiago e de tantos outros pajés. Avistava-se frequentemente até com o velho cacique, a quem era levado por Tiago como exemplo do mais perfeito índio.

Em função de sua aplicação nos estudos e de seu comportamento, Saru ganhava algumas regalias e era tratado com uma benevolência a que os outros indiozinhos não tinham direito.

Aquilo deixava Nauru intrigado:

— Você ainda está lembrado de nossa mãe e de nossa aldeia, Saru? — perguntava, às vezes, irritado.

Saru balançava a cabeça num gesto afirmativo e seus olhos se enchiam de lágrimas. Tirando os momentos de aula, em que era preciso falar, ou outra situação em que os brancos exigiam dele uma resposta, Saru passava a maioria do tempo calado. Havia ficado ainda mais sisudo do que antes.

E assim a vida seguia naquela aldeia esquisita, sem grandes abalos ou modificações. Até o dia em que um fato novo, aparentemente sem importância, deu a Nauru a chance que ele pacientemente aguardara durante tantos meses.

Foi que o porteiro, o homem que cuidava do vaivém através do largo portão da aldeia, caiu doente. Em seu lugar, os brancos colocaram Nigiri, um negro tão alto e tão forte quanto o antigo dono do posto.

Acontece que Nigiri era filho de Mulambi, a cozinheira amiga de Nauru. Através dela, ele acabou, aos poucos, ganhando a confiança do porteiro. Até que, apesar de todas as restrições dos brancos quanto ao contato dos índios com os negros, eles se tornaram amigos.

Então, depois de muita conversa e várias negativas da parte de Nigiri, o negro finalmente concordou com um plano que Nauru tinha cuidadosamente elaborado ao longo daqueles dias.

Ora, ao final da tarde, em certos dias da semana, por algum motivo que os meninos desconheciam, o cacique da aldeia saía em uma carroça que o vinha buscar pontualmente no mesmo horário.

Perto da meia-noite, voltava e subia para a sua oca. Então o porteiro dava comida aos animais e levava o cocheiro para jantar na oca de Mulambi. Enquanto isso, enchia a carroça com barris ou caixas cheias de mantimentos. Em seguida, quando havia acabado o jantar, o porteiro atrelava novamente os animais à carroça e abria o portão para que o cocheiro fosse embora, levando aquela carga.

Qual era o plano de Nauru? Quando o cacique tivesse já subido e o cocheiro fosse até a cozinha, ele, Amanajé e Saru, com a ajuda de Nigiri, se esconderiam na carroça em meio aos outros objetos e sairiam da aldeia dentro dela, sem serem vistos. Tudo muito simples.

E assim foi feito. Na noite marcada para a fuga, à hora combinada, Nauru apanhou Saru no colo e chamou Amanajé:

— Vamos!

— Para onde Nauru? — perguntou o pequeno, que até então não sabia por completo dos planos do irmão.

— Vamos embora daqui, Saru! Vamos fugir!

Saru apenas arregalou os olhos, espantado. Amanajé falou:

— Vão vocês. Eu não vou.

— Como? — quis saber Nauru, sem compreender o que o outro havia dito.

— Estou com dores horríveis aqui na barriga desde hoje de manhã. Estou indisposto. E tenho medo — explicou o Aíba.

— É a nossa chance de fugir, Amanajé! É hoje ou nunca!

— Vão. Eu fico aqui.

Sem muito tempo para argumentar, Nauru saiu pela porta da oca onde dormiam e que havia sido deixada aberta de antemão por Nigiri. Em seguida, com a ajuda do negro, enfiou-se entre as caixas e barris de mantimento da carroça, segurando firmemente o irmãozinho junto ao corpo.

Esperaram infinitamente ali. Era como se o tempo tivesse parado. O silêncio era imenso. Nada acontecia. Até que o cocheiro finalmente subiu no carro e chicoteou os animais, que se puseram em movimento, lentamente. Nigiri abriu o largo portão e se despediu do homem com um aceno:

— Vá com Deus!

Porém, mal tinha acabado de dizer essa frase, Nauru sentiu um abalo e percebeu que Saru tinha sido tirado de seus braços com um puxão. Alarmado, viu em seguida Tiago com o irmão nos braços, ao lado da carroça:

— Aonde você pensa que vai levando este menino?

Desesperado, Nauru percebeu em seguida que Amanajé, sem dores e muito saudável, estava ao pé do pajé. Ele havia denunciado a fuga.

— Pare esta carroça! Prenda este menino! — falou Tiago, primeiro para o cocheiro, depois para Nigiri que, tão perplexo quanto Nauru, não soube o que fazer.

— Prenda este menino! — repetiu o homem.

Àquela altura, Nauru já estava em pé na carroça, que agora estava estacionada à entrada. Sabia que, se fosse pego, teria um destino tão cruel quanto o de Anhana. Sabia, também, que nada de mau aconteceria a Saru, porque o menino não tinha culpa no episódio e era adorado por todos os brancos.

Esses pensamentos cruzaram sua cabeça em ques-

tão de segundos. E, tão rápido quanto seu raciocínio, ele saltou da carroça e disparou para fora da aldeia.

— Peguem-no! Peguem-no! — ouviu Tiago gritar.

Mas não olhou para trás. Perdido no escuro, correu tanto quanto havia corrido mais de um ano atrás, quando fugia dos Aíbas que ajudaram os brancos a destruir sua aldeia. E, como então, não sabia para onde estava indo. Não enxergava direito no escuro. E ouvia os passos de seus perseguidores muito perto de si.

7.
FUGA

Atrás de Nauru seguiam o carroceiro, açoitando seus animais, dois ou três negros e um branco num cavalo, além de um cachorro. A entrada da aldeia ficava num descampado, o que tornava fácil sua captura. Então ele disparou no sentido da floresta e nela entrou quando já estava prestes a ser alcançado.

Ao contrário de Anhana, Nauru não tinha grande habilidade em se mover pelos matos. Mas a necessidade fez com que ele se esgueirasse entre plantas, moitas e árvores, ouvindo gritos, latidos e o trote dos animais. Ali na mata, a noite, que antes atrapalhava seus passos, acabou sendo sua amiga.

E foi com o auxílio dela que ele contou para se afastar cada vez mais dos homens que o perseguiam, adentrando no desconhecido da selva. Uma hora após o início da perseguição, já não ouvia mais passos ou sons vindos deles. Ainda assim, continuou em passo firme, como tinha feito outrora sob a direção de Anhana.

Muito tempo depois, recostou-se no tronco de uma árvore, para descansar. Onde estava? Para onde iria? Sabia, segundo as informações que Mulambi havia lhe dado, que Anhana tinha sido levado para um tal *ioiô* Pedro, um homem branco muito poderoso. Seu plano era ir atrás do irmão. Mas não tinha ideia de onde ficavam as terras para onde o haviam carregado.

O primeiro problema seria sair daqueles matos. Não possuía mais forças para continuar seguindo indefinidamente, no escuro, na esperança de encontrar um abrigo. E haveria abrigo naqueles lugares onde o índio era sempre perseguido, preso e maltratado? Nauru estava perdido como nunca estivera em sua vida. Antes, ao menos tinha os irmãos ao seu lado. Agora, sozinho, se sentia vazio e encurralado, sem saída.

Aos poucos, o cansaço venceu suas preocupações e ele acabou dormindo ali mesmo onde estava. Na manhã seguinte, acordou com um raio de sol sobre o rosto e o canto dos pássaros. Num segundo, relembrou tudo o que tinha acontecido. Que fazer? Continuar andando. Para onde? Não sabia. Mas não tinha alternativa.

E assim fez. Enquanto estivesse na mata, ao menos manteria distância dos homens brancos, pensou. Bem ou mal, ainda que não conhecesse os caminhos daqueles matos, acabaria por encontrar água ou comida. Havia sempre o risco de encontrar uma fera, um bicho selvagem. Mas seriam os bichos selvagens piores que os brancos?

Pensando assim, seguia adiante. E, como esperava,

encontrou água em riachos e frutos em árvores com que saciar a sede e a fome. Andou toda a manhã, no meio da mata fechada, sem que encontrasse sinal de qualquer pessoa.

Perto do meio-dia, contudo, para além de umas árvores altas, ouviu um burburinho. Aproximou-se e distinguiu claramente vozes humanas. A fala não era de branco, não conseguia entender o que diziam. Chegando mais perto, conseguiu ver, através dos galhos de uma planta, três negros sentados à beira de uma fonte.

Seu coração saltou de imediato, pois imaginou que pertencessem à aldeia dos brancos e estivessem em seu encalço. Mas logo descobriu estar enganado. Jamais tinha visto aqueles negros antes. Isso o tranquilizou um pouco, mas não totalmente.

Certamente precisaria da ajuda de alguém para sair da mata, para encontrar abrigo, para ir atrás do seu irmão, para voltar para sua tribo. Porém, já tinha aprendido que, naqueles lugares dominados por brancos, não podia confiar em muita gente. Então, o que faria? Tentaria se aproximar? Pediria ajuda? Qual seria a reação dos homens?

Calculava qual seria o passo a seguir quando foi surpreendido por alguém que o prendia pelas costas e o alçava no ar. Era um negro. Não um dos três que conversavam ao lado da fonte, mas um quarto.

Encarando Nauru, gritou palavras naquela língua desconhecida. Logo os outros três vieram até ele. Conversaram entre si, apontando para o menino, ora rindo, ora parecendo trocar insultos.

Um deles, que falava um pouco a língua dos brancos, como Nauru, por fim perguntou ao garoto:

— Que faz aqui? Quem é você?

— Eu estou perdido, moço — explicou o índio.

O homem então se virou para os outros e traduziu o que tinha ouvido. Os negros trocaram olhares entre si. Em seguida, voltou a perguntar:

— Não veio nos espionar?

— Espionar?

— Não está atrás da gente? — perguntou asperamente.

— Na-não! — gaguejou o menino. E, em seguida, explicou o que tinha acontecido a ele e a seus irmãos e como tinha vindo parar naquele local.

Os negros mais uma vez trocaram olhares e voltaram a discutir. Nauru permanecia nos braços daquele que o capturara. Após uma longa conversa, eles pareceram chegar a um acordo. Aquele que falava a língua dos brancos, disse:

— Está com fome?

— Um pouco — falou o garoto.

— Uhm. Venha com a gente.

O índio foi colocado no chão e seguiu com os quatro negros para perto da fonte que tinha visto antes. Ali, os homens fizeram uma fogueira e colocaram para assar três peixes que tinham acabado de pescar com as mãos.

Em sussurros, conversavam entre si, no seu dialeto, como se bolassem um plano ou discutissem uma estratégia. Nauru a tudo acompanhava, tenso, sem saber qual o destino que pretendiam dar a ele.

Quando a comida ficou pronta, deram ao pequeno um pouco dela, sem dizer uma palavra, e voltaram a sussurrar entre si. Nauru comeu o bocado de peixe calado. Ao fim da refeição, se encheu de coragem e perguntou ao homem que o interrogara antes:

— Vocês conhecem *ioiô* Pedro?

Os negros se calaram imediatamente ao ouvir aquele nome e olharam para os lados assustados, pedindo silêncio. O outro os acalmou e, voltando-se para Nauru, explicou:

— Nós éramos escravos dele.

— Sabem se tem um menino parecido comigo por lá, de nome Anhana?

O homem traduziu para os outros a pergunta. Todos fizeram sinais negativos com as cabeças.

— Ele é índio? — perguntou o que falava a língua dos brancos.

— Meu irmão — respondeu Nauru. E continuou: — Podem me dizer como chegar às terras do *ioiô*?

O homem pareceu não acreditar no que ouvia:

— Como?

— Às terras do *ioiô*. Podem me dizer como chegar até lá?

— Você ficou louco, garoto? Aquele é o pior branco que já nasceu neste mundo.

— Preciso encontrar meu irmão.

O negro balançou a cabeça, descrente:

— Pois se nós estamos justamente fugindo de lá... Não seja louco.

— Por favor.

— Bom, para quem conhece estes matos, não é difícil — começou a explicar o homem. — A primeira coisa a fazer é...

Mas não chegou a completar a frase. Naquele instante, ouviram-se gritos na língua dos brancos: "Peguem os negros!", e explosões de suas armas, acompanhadas de latidos do que pareciam ser dezenas de cachorros.

Os negros dispararam floresta adentro, apavorados. Aflito, sem ter o que fazer, Nauru seguiu os seus passos.

8.
NOVA FUGA

Nauru e os quatro negros correram pelo meio dos matos com o fogo inimigo zumbindo sobre suas cabeças e os cachorros em seus calcanhares. Logo um dos negros foi mordido na perna por um cão e caiu, sendo dominado e preso em seguida.

Os demais prosseguiram na fuga, caçados de perto por uma mistura de homens negros, brancos e até índios, o que causou grande admiração em Nauru. A certa altura do percurso, um dos negros restantes tomou um caminho diferente, entrou por uma picada estreita e se perdeu dos demais.

Nauru mais os dois outros negros redobraram o esforço na carreira, mas não conseguiam se distanciar de seus perseguidores. Até que, por fim, toparam com um lago extenso e ficaram encurralados.

— Agora vocês me pagam, negros! — gritou um dos brancos que vinha no encalço deles, apontando a arma em sua direção.

— Peguem-nos! — berrou um outro, desembainhando uma faca imensa, como só os brancos tinham.

Os cães vinham à frente e abriam as bocarras, prontos a morder os fugitivos. Não restou outra opção a estes senão saltar na água e nadar a toda velocidade. Foi o que fizeram. De onde estavam, os brancos abriram fogo.

O lago era imenso, não se via a outra margem. E as balas caíam bem perto de seus corpos. Uma delas acabou por atingir um dos negros no ombro, mas ele ainda assim prosseguiu nadando.

Logo os três se distanciaram tanto que saíram do alcance do fogo dos brancos. Os poucos homens que tinham se aventurado a entrar na água e persegui-los a nado ficaram para trás. O problema agora era alcançar a margem do outro lado.

A certa altura, já não viam mais a margem de que tinham partido, mas aquela que procuravam atingir permanecia distante. O fôlego era curto. O negro ferido já não tinha mais forças e, mesmo ajudado pelo amigo, que era aquele que falava a língua dos brancos, parecia prestes a afundar.

E os três certamente desistiriam da empreitada e se deixariam arrastar para o fundo do lago, se Nauru não tivesse avistado um barco a uns trinta metros de onde estavam. Aquela visão deu novo ânimo aos três. Fazendo um esforço sobre-humano, eles nadaram até a embarcação e, com dificuldade, subiram a bordo.

Ainda resfolegando e cuspindo água, Nauru reparou que o homem que remava o barco era um branco. Quer dizer, um branco com cabelo e nariz de negro, um tipo físico que jamais tinha visto. Falando na língua dos brancos, ele disse:

— Enfim vocês conseguiram.

Em seguida se aproximou do homem que sangrava e examinou sua ferida. Fez uma cara de preocupação, mas logo voltou à popa do barco e se pôs a remar. Ao fim de alguns minutos, chegaram à margem oposta.

— Por aqui — falou o barqueiro.

Juntamente com o negro que falava a língua dos brancos, ele ajudou o ferido a caminhar pela areia e, em seguida, a entrar por uma picada no mato. Após um quilômetro de caminhada, chegaram a uma pequena cabana.

— Sentem-se e descansem — disse então o remador. E, em seguida, gritou: — Mulher! Traga comida para nossos hóspedes.

Uma índia jovem entrou na sala, acompanhada por quatro crianças pequenas. Os meninos tinham traços misturados de negro com índio, o que mais uma vez confundiu a cabeça de Nauru.

A mulher tornou a sair da cabana e, dali a pouco, trouxe farinha e carne-seca para Nauru e o negro que falava a língua dos brancos. Quanto ao outro, foi levado a um canto da casa e deitado sobre uma esteira. O barqueiro, de posse de alguns instrumentos, cuidou do ferimento em seu ombro.

O negro gritava e gemia de dor. Mas, logo o branco tirou dali uma espécie de bolinha de prata, colocando sobre a ferida aberta algumas ervas, deu algo para o homem beber e, em pouco tempo, ele estava dormindo.

Então o dono da casa veio se sentar junto a Nauru e ao outro, pegou também da cuia de farinha e carne-seca e falou:

— Estão indo para a serra?

— Sim — falou o negro, que se apresentou como Mului.

— Meu nome é Enoque — retribuiu o branco.

— Enoque, o protetor dos negros? O guia para a serra? Sua fama chegou até as terras de *ioiô* Pedro! Era justamente você que nós estávamos procurando!

— A serra não fica muito longe daqui — continuou Enoque. — Mas o caminho é complicado. Um dia de viagem.

Em seguida, apontando para Nauru com o queixo, falou:

— E o indiozinho?

— Encontramos no caminho. Diz que fugiu dos jesuítas.

— Vai seguir com vocês?

— Quer ir até as terras de *ioiô* Pedro. Imagine!

Mului deu de ombros. Enoque então perguntou a Nauru:

— Queres virar escravo, pequeno?

— Quero encontrar meu irmão — respondeu Nauru, que nada estava entendendo daquela conversa de serra e guia.

— Podes esquecer teu irmão, guri. Ninguém aguenta muito tempo naquelas terras. Ou foge ou morre.

Nauru baixou a cabeça, sem ter o que dizer. O barqueiro prosseguiu:

— Em pouco tempo os brancos estarão aqui, procurando por vocês. Eles não vêm pela água, têm medo do lodo no fundo do lago, que já tragou muitos deles. Irão contorná-lo. Amanhã bem cedo chegam por aqui. Precisamos partir o quanto antes.

Quando a noite caiu, todos se acomodaram em esteiras ou redes ali mesmo na sala: os negros, o branco, a mulher, os filhos e Nauru. Mas este foi o único que não conseguiu pegar no sono.

Aquela conversa da tarde parecia muito enigmática. Não podia confiar inteiramente naqueles homens. Para onde estavam indo? O que podiam estar armando contra ele?

A madrugada veio encontrá-lo de olhos bem abertos. Viu quando Enoque despertou e acordou os dois negros.

— É hora de partir.

Nauru se levantou também, tenso e angustiado.

— Vens conosco, garoto? — perguntou o barqueiro. — Ou queres ser presa dos brancos?

Mului e seu companheiro, que havia se recuperado do tiro como por milagre, discutiam. De acordo com o que Nauru pôde entender dos gestos, o outro não queria a presença do menino. Mului defendia que ele seguisse com o grupo.

Por fim, este último pareceu ter vencido, e convidou o curumim:

— Vamos. Vai ser bom para você.

Quantas vezes Nauru tinha acreditado nos estrangeiros e tinha se decepcionado? Quantas vezes tinha sido enganado, tinha caído em armadilhas? Seria aquela mais uma? Mului parecia bem-intencionado. Mas, quantas vezes sorrisos benevolentes esconderam de Nauru um destino funesto?

— Os brancos estão chegando — falou Enoque, apressando-os.

E, mais uma vez pressionado pelas circunstâncias, mais uma vez com um mau pressentimento e a incerteza em seu coração, Nauru decidiu:

— Vamos.

E assim, ao lado dos outros, ele se pôs a caminho. Iria em busca daquela misteriosa serra, distanciando-se cada vez mais dos irmãos e, pior, muito pior: sem saber o que o aguardava ali.

9.
A SERRA

Um dia de viagem por picadas pedregosas de difícil acesso. Guiados por Enoque, os três seguiam o caminho puxado. O barqueiro havia trazido mantimentos e, ao final de doze horas de andança, sem um minuto de descanso, eles finalmente pararam para comer. Em seguida dormiram algumas poucas horas e, no começo da noite, retomaram o percurso.

O sol raiava quando eles, após subirem a encosta de uma grande serra, chegaram a seu topo. Ali, Nauru teve uma visão inusitada: dezenas de negros e uns poucos índios de várias etnias circulavam livremente, sem que houvesse um único branco por perto.

Mului e o outro negro, que se chamava Nidombe, choraram de alegria ao verem aquele pedaço de terra. Logo, vários negros vieram em sua direção. Todos se abraçaram, festivamente. Pelo que Nauru entendeu, os dois haviam se reencontrado com amigos e parentes.

Enquanto acompanhava a cena, Enoque se agachou a seu lado e lhe estendeu a mão:

— Preciso partir, curumim. Espero que um dia reencontres teus irmãos. Pedirei aos deuses por ti.

Depois, desceu a encosta que tinha acabado de subir e desapareceu, deixando o menino confuso diante de tanta algazarra. Após a confraternização, Mului apontou o garoto para os outros e explicou, na língua dos brancos:

— Este aqui é o pequeno herói Nauru. Vai ficar com a gente.

Alguns negros o cumprimentaram, outros não pareceram muito satisfeitos. Em todo caso, Mului pegou o garoto pela mão e o levou a uma oca que, como as outras do lugar, era feita de palha e madeira, em tudo parecida com as de sua aldeia natal.

Ali, em meio a seus antigos companheiros, ofereceu comida a Nauru e todos comeram, contando casos e rememorando histórias, ora na língua dos negros — que não era uma única, mas muitas diferentes —, ora na dos brancos.

Nauru conversou com alguns dos poucos índios que ali estavam e deles escutou histórias muito parecidas com as dele. Os brancos haviam invadido suas aldeias, aprisionado homens, matado muita gente.

Com os negros, o menino ficou sabendo, a coisa havia se passado mais ou menos da mesma maneira. Acontece que os negros vinham de umas terras muito distantes e haviam sido trazidos à força pelos brancos, pelo mar, àquela região que antes era dos índios. Longe de sua pátria, de sua gente, de sua família, haviam sido transformados em escravos.

Mas ali, ali no topo daquela que chamavam de Serra do Sol, ninguém era escravo, explicou Mului. Ali se reuniam os negros fugidos das terras dos brancos e tentavam recriar a vida que tinham antes em suas próprias aldeias, com sua liberdade, suas danças, seus cultos, sua religião.

Mais do que isso, as crenças e a cultura de cada povo negro que tinha vindo da África ali se juntavam para criar uma nova cultura e uma nova religião que unia a todos. E às quais os índios davam também sua contribuição.

— Tudo é ainda muito recente. Faz pouco tempo que a gente vem se juntando aqui. Você pode ver que não temos muitas mulheres ainda e somos poucos. Mas a ideia é criar uma grande aldeia de negros livres, bem distantes da mão do homem branco — explicou Mului, com os olhos brilhando de esperança.

Nauru a tudo escutava e observava muito impressionado. É certo que aquela comunidade lhe parecia muito atraente, que era bastante semelhante, em certo sentido, a sua aldeia natal. Mas não podia deixar de notar que não, aquela não era sua aldeia natal. Ali não estavam seus irmãos e, além disso, a quantidade de índios era pequena. O que queria, o que desejava ardentemente, era reencontrar os irmãos e fazer o caminho de volta à terra dos Eçaraias.

E isso ele deixou bem claro a Mului que, desde o princípio, se transformou numa espécie de cacique dos negros. Ele, que tinha um carinho especial por Nauru, disse que entendia o menino e que lhe ensinaria o caminho até a aldeia de *ioiô* Pedro. Mas que, no momento, era preciso esperar, pois a serra vinha sendo cercada pelos homens brancos e, até o perigo passar, o melhor a fazer era permanecer ali, entre eles.

Sendo assim, a princípio muito contrariado, Nauru se deixou ficar na Serra do Sol. Fez alguns amigos entre os pequenos negros e até aprendeu um pouco de sua língua, o suficiente para se comunicar. Também trocou o manto branco, calorento, com que os pajés o haviam vestido, por uma simples tanga de pano grosso.

Pode-se dizer que ele se adaptou muito bem e poderia passar o resto dos seus dias entre os novos companheiros. Mas, dia e noite, pensava nos irmãos e nos pais. E, nos momentos de solidão, sentia extrema angústia pela demora em deixar a serra.

No entanto, Mului não o enganava quando falava do perigo que representavam os brancos. Diariamente, ele mesmo via como os negros estavam se preparando para uma batalha: fabricavam lanças, arcos, flechas, se muniam até de armas dos próprios brancos, acumulavam um grande arsenal de pedras.

De toda parte chegavam notícias da aproximação, o cerco contra os negros se fechava e eles todos pareciam muito agitados, sempre em conversas, discussões, reuniões, tentando estabelecer a melhor estratégia para vencer o inimigo.

Nesses conselhos, se destacava Mului, que em sua terra de origem havia sido um homem muito poderoso. Mului se cercava de guerreiros e traçava planos de defesa. Mas, em meio aos afazeres da guerra que se aproximava, jamais se esquecia de Nauru, sempre conversava com ele e o tratava com extremo carinho. Talvez porque se lembrasse do filho que tinha deixado do outro lado do mar, quando os brancos o trouxeram como escravo.

Assim, os meses se passaram. Nervosismo e preparação para a batalha, mas também lazer, brincadeiras, dança, canto e trabalho ocupavam a vida dos negros da Serra do Sol. Até que um dia, aquilo que há tanto se esperava tornou-se realidade no grito de um negro que vigiava as cercanias da serra:

— Os brancos estão vindo!

A correria foi geral. Os negros se armaram e se prepararam para o embate, que logo se deu. Os brancos subiram a serra soltando fogo e esgrimindo suas longas facas. Estavam em número muito maior e possuíam um armamento que não poderia ser comparado às frágeis peças de guerra dos negros.

Nauru parecia estar assistindo a uma reprise do que já tinha visto em sua própria aldeia. Fogo, tiros, gente caída, destruição. O ataque foi tão rápido e certeiro que deixou a todos desnorteados. Os negros haviam sido encurralados em sua própria terra e foram despojados dela sem dó.

A certa altura, percebendo que a batalha estava perdida, Mului se aproximou de Nauru, que estava escondido atrás de uma grande pedra, e disse:

— Venha, filho. Acabou. Venha comigo.

Em seguida, puxando o menino pelo braço, escorregou pela encosta da elevação. Correndo, caindo, rolando e se levantando a todo momento, os dois chegaram enfim ao sopé do grande monte.

Mului mal conseguia andar. Estava cheio de cortes e com uma bala na perna. A partir dali, Nauru é que passou a puxar o amigo pelo braço, e os dois fugiram pelo meio das pedras.

Após muito caminhar, chegaram à floresta.

— Acho que não vou conseguir! — sussurrou Mului.

— Vai — falou Nauru e, tirando forças não se sabe de onde, o pôs nos braços.

Assim, adentraram os matos, ainda ouvindo o espocar de tiros e os gritos de dor vindos da serra.

10.
NA MATA, OUTRA VEZ

Não haviam adentrado muito a selva quando toparam com uma pequena choupana abandonada. Nauru colocou Mului ali dentro e saiu para procurar água e comida. Como era muito observador, tratou dos ferimentos do negro do mesmo jeito que tinha visto Enoque cuidar de Nidombe, utilizando ferramentas improvisadas e certas ervas.

Passaram três dias naquele casebre, o qual provavelmente havia sido ocupado antes por um morador que fugiu ao pressentir o começo das batalhas. O local era bom como abrigo, mas sua localização representava um perigo. Estava muito próximo da Serra do Sol e os brancos continuavam a vasculhar os arredores atrás dos negros fugidos.

— Precisamos sair daqui — falou Mului ao fim do terceiro dia, já quase inteiramente recuperado.

— Eu sei — concordou Nauru.

— Mas para onde?

— Eu vou em busca dos meus irmãos, Mului. Você disse que poderia me ajudar a chegar às terras de *ioiô* Pedro.

O negro olhou para baixo e permaneceu em silêncio. Em seguida, com voz triste e rouca falou:

— Estamos distantes de lá.

— Onde ficam?

— No litoral. Perto do mar. Não muito distante do lugar onde estão os jesuítas e seu irmão menor.

— Então, é para lá que eu vou.

— É perigoso, Nauru.

— Eu vou. Preciso ir.

— E como pretende chegar até lá?

O menino parou um instante, mirando um ponto fixo no espaço e mastigando os lábios. Em seguida, perguntou:

— Você conhece algum rio aqui próximo, que leve até o mar?

— Sim, tem um a poucos quilômetros daqui — respondeu Mului.

Então Nauru abriu um sorriso largo e disse, num estalo:

— Resolvido o problema: vamos construir uma canoa!

— Canoa? — surpreendeu-se o outro.

— Claro! Você vem comigo. Vamos para o litoral!

— A travessia do rio é perigosa — advertiu o negro.

— Perigoso é permanecer aqui. Venha. Vamos começar já. Vamos construir uma canoa.

O negro sorriu sem mostrar os dentes, impressionado com a esperteza e a coragem do garoto. Por fim, falou:

— Tudo bem. Vamos construir a canoa.

E assim fizeram. Distanciando-se da cabana e chegando às margens do rio mencionado por Mului, construíram a princípio uma pequena palhoça que lhes servisse de abrigo. E, durante alguns dias, após derrubar um grande e grosso tronco de árvore, puseram mãos à obra.

A técnica para a construção do barco era conhecida de Nauru. Os Eçaraias faziam canoas há centenas de anos. A ideia era cortar o tronco no tamanho desejado e, em seguida, escavar e modelar a madeira numa peça única. Também conhecia o modo de fabricar os instrumentos de que precisariam.

Ficou a cargo de Mului a parte braçal e algumas pequenas adaptações no modelo do barco. O negro tinha uma força descomunal e contava com o auxílio de Nauru no manuseio dos instrumentos. O garoto também ficou inteiramente responsável por arranjar comida, água e lenha enquanto durava o trabalho.

Finalmente, numa tarde chuvosa e friorenta, a canoa ficou pronta. Os olhos de Nauru brilhavam de felicidade e Mului sorria, contente com a alegria do menino. Mas advertiu:

— Calma. Agora é preciso ver se ela flutua.

Fizeram um teste. Colocaram o barco na água e ele se manteve sobre a superfície. Nauru soltou gritos emocionados. Mas logo se decepcionou. Pouco a pouco, a embarcação começou a afundar.

Os olhos do menino se encheram d'água. Mului tentou acalmá-lo:

— Fazemos alguns reparos. Ela precisa de alguns reparos apenas. Venha. Não fique assim. Vamos tirá-la da água e reiniciar os trabalhos.

Seguiram a sugestão do negro. Outros longos dias gastaram na reparação do barco. Corta daqui, emenda dali e, novamente, numa tarde também chuvosa, tornaram a fazer a experiência.

Como antes, o barco flutuou. Em seguida, porém, pareceu adernar. Até que, por fim, manteve o equilíbrio. Experimentados, os dois esperaram ainda uma hora para ver se ele se mantinha firma sobre a água. Depois, ambos subiram na canoa e nela permaneceram por mais uma hora.

— Funcionou! — gritou ao fim daquele tempo Nauru. — Deu certo! A nossa canoa está pronta! Vamos ao litoral!

— Calma — pediu mais uma vez Mului. — Agora será preciso preparar os remos e conseguir uma boa quantidade de mantimentos, pois a viagem é longa.

— Esta é a parte mais fácil — foi a resposta do menino.

E, de fato, em pouco tempo tudo foi arranjado. Na véspera da viagem, os dois fizeram uma pequena festa ao redor da fogueira, comeram carne de caça e beberam de um líquido preparado por Mului.

O garoto adormeceu antes do homem, feliz como poucas vezes estivera nos últimos tempos. Mului o observou pegar no sono com carinho, mas não parecia tão alegre: tinha o rosto sombrio. Uma lágrima escorreu do canto do seu olho.

No dia seguinte, assim que o sol nasceu, os dois se levantaram e se dirigiram para as margens do rio. Excitado, Nauru retirou a corda que amarrava a canoa a um tronco de árvore, apanhou os remos e entrou na água, chamando o companheiro:

— Vamos, Mului. Hoje é o grande dia!

Mas este se acocorou ao lado do garoto e, segurando-o pelos ombros, falou:

— A jangada é sua, Nauru. O sonho de alcançar o mar é seu. É lá que mora a sua liberdade, não a minha.

— O que você quer dizer com isso? — perguntou o menino, intrigado.

— Quero dizer que vou procurar minha liberdade para além destas imensas selvas deste país desconhecido. Tenho certeza de que há outros negros como eu,

tentando reconstruir o sonho da Serra do Sol. Vou, também eu, atrás dos meus irmãos. Irmãos de cor.

Mului então retirou uma fita vermelha do pulso e a amarrou no braço do menino:

— Um presente. Para você nunca esquecer deste velho Mului.

Em seguida, os dois se abraçaram demoradamente. Nauru estava triste, muito triste por ter que se despedir do amigo, mas entendia mais do que qualquer outro o que ele queria dizer.

— Nunca vou me esquecer de você, Mului — falou, por fim, limpando as lágrimas que escorriam pelo rosto.

Em seguida, subiu no barco, que o negro empurrou para o centro das águas. Dali, acenou. O homem retribuiu o aceno. E assim a jangada seguiu o curso do rio em direção ao grande mar.

11.
O GRANDE MAR

A travessia foi longa, como prevista por Mului. E, em muitos pontos, complicada. À medida que o rio se aproximava da foz, a correnteza se tornava mais forte e, a certa altura, Nauru passou por uma corredeira que quase o atira para fora da canoa.

Em dois ou três pontos da jornada, também, foi alvejado por flechas de índios de uma etnia que não conhecia e que se escondiam nas margens. E, passando por um pequeno povoado de brancos, viu o fogo de suas armas explodir em sua direção.

Mas, apesar de todos esses problemas, da fadiga e da carência de mantimentos (acabou perdendo um saco de comida num dos solavancos que o barco sofreu na corredeira), chegou são e salvo.

É importante destacar que, por alguns sinais da paisagem, Nauru percebeu que aquele curso d'água era o mesmo que o tinha trazido à cidade dos brancos pela primeira vez, pelas mãos de Tiago. Passou, inclusive, pelo galpão onde tinha ficado junto com outros curumins ao fugir dos Aíbas. Apenas, agora, partira de um ponto mais alto do rio.

Após dois dias de percurso, enfim, aproximou-se do grande mar numa manhã de sol. Era a primeira vez que o pequeno via aquela massa de água salgada tão de perto e aquilo o impressionou enormemente. Porém, mais do que as ondas, causou espanto ao menino a grande aldeia dos brancos, que tinha visto apenas de passagem, uma única vez, quando havia sido levado à tribo dos pajés brancos. Esta ficava mais acima no rio e um pouco afastada do local que agora atingia.

Pensava que a aldeia dos brancos se resumia àquela casa onde os índios se vestiam com roupas brancas e tinham de rezar a Deus. Estava enganado. Antes mesmo de ancorar a canoa, poucos metros antes do mar, percebeu que aquela era apenas uma oca, dentro de uma taba mil vezes maior.

Cauteloso, desceu do barco e, após cavar um grande buraco entre os matos da margem e enterrá-lo ali, logo pisou nas pedras que calçavam o chão da aldeia. Surpreso, viu que as picadas ali eram todas cobertas daquelas pedras e levavam a várias partes, cortando por entre ocas de tamanhos e feitios diversos.

Havia grandes casas de pedra e madeira, quadradas, com telhado formado por pequenas peças de argila. Havia outras menores, também de pedra e pintadas de branco. Mais afastadas, aqui e ali, enxergou casas de barro ou madeira e palha. Algumas semelhantes às ocas dos Eçaraias.

Pelas picadas de pedra, trafegavam brancos, negros e índios. Não precisou andar muito para perceber, com seu tino apurado, que os brancos eram os senhores da situação. Vestiam panos bonitos, usavam objetos vistosos, não faziam muito esforço físico. Por exemplo, em vez de caminhar, eram carregados em redes por índios e, principalmente, negros.

Estes últimos faziam todo o trabalho para os brancos e, não raro, recebiam carões, levavam açoites, eram empurrados e humilhados. A tarefa de carregar pesos, construir coisas, limpar ou pintar ocas ficava a cargo deles. Ou seja, a coisa não era muito diferente do que acontecia dentro da casa dos pajés de preto.

O que Nauru realmente levou algum tempo para compreender foi como conseguir comida naquele lugar. Havia poucas árvores na taba dos brancos. Muitas ficavam dentro do terreno de suas ocas, que eram cercadas por altos muros de pedra, onde era proibido entrar. As que ficavam do lado de fora também pareciam ter donos.

Donos. Isso mesmo. Os brancos eram donos das coisas e só o dono de determinada coisa podia tocar nela ou usá-la. Mesmo a comida tinha donos. Nauru viu negros e índios — jovens, crianças e adultos — expondo mercadorias diversas: cabaças, cuias, frutas, doces e salgados, em tabuleiros. Muitos andavam pelos caminhos oferecendo alimentos e peças trabalhadas de barro ou madeira.

Mas, incrível, para adquirir um daqueles produtos, uma comida qualquer, um doce, um mingau, a farinha, era preciso possuir umas pequenas peças de ouro polido. O sujeito entregava essas peças à pessoa que oferecia a comida e só então podia pegá-la.

Inacreditável! Nauru simplesmente não conseguia compreender que as coisas fossem assim. E aprendeu da pior maneira quando, faminto após a exaustiva viagem, tentou pegar uma fruta do cesto que uma senhora negra carregava. Quando ela descobriu que ele não possuía o ouro, insultou-o e enxotou-o para longe de si.

Onde conseguiria as pecinhas douradas que davam acesso à comida? Essa era a pergunta que se fazia, enquanto perambulava pela cidade, sem rumo. E assim gastou todo aquele dia, sem trocar uma palavra com quem quer que fosse.

Tinha medo dos brancos e evitava cruzar com eles. Sabia que os negros, os índios e o povo mestiço que tinha visto — meio índios, meio brancos, meio negros — muitas vezes se comportavam como os brancos, quase sempre a seu mando.

Então se esgueirava pelas trilhas de pedra, cabisbaixo, arrastando-se pelas grandes paredes que cercavam as ocas de teto alto. Gostaria de perguntar a respeito de *ioiô* Pedro, saber a localização de sua aldeia, mas temia pedir ajuda a quem quer que fosse e simplesmente se deixava andar.

A certa altura, porém, seu corpo não aguentava mais o desgaste físico. Sem forças, sentou-se num canto afastado, próximo a uma daquelas casas de culto, pontiagudas, semelhante à que havia dentro da aldeia dos pajés brancos, só que bem mais alta e imponente. Tinha visto várias delas pelo lugar.

Deixou-se ficar ali, de cabeça baixa e mordendo os lábios, como de costume, meditando no que fazer. A lembrança dos irmãos e dos pais então veio a sua mente e ele, assim como estava, chorou de um jeito como nunca tinha feito antes — um choro cortado por soluços e fungados, de partir o coração.

Não demorou, ouviu um tilintar perto de si. Olhou para os lados e se deu conta de que uma daquelas pecinhas de ouro caíra ao seu lado. Levantou a cabeça e viu uma senhora branca, que lhe sorriu e seguiu adiante. Pegou a moeda e, apressado, se dirigiu a ela, dizendo:

— Senhora! A senhora deixou cair isto daqui.

A mulher riu gostosamente, passou a mão sobre sua cabeça e disse:

— A moeda é para você.

Depois retomou os passos e se afastou.

Então era assim que se chamavam aquelas pecinhas: "moedas"? E era assim que elas eram ganhas: senhoras passavam e atiravam-nas a quem estivesse sentado no chão? Mais uma vez, Nauru achou tudo aquilo muito estranho.

Mas logo entendeu que, agora, tinha o poder de comprar comida. Rapidamente, se dirigiu a uma daquelas negras que ofereciam quitutes num balaio e lhe entregou a moeda, esperando ganhar um doce.

A mulher, no entanto, riu e disse, se afastando:

— Isto não compra nem um farelo de doce, ó pequeno!

Tentou novamente, com pessoas de todas as cores e tipos físicos, recebendo sempre a mesma resposta. Até que uma jovem negra de dentes bonitos, que vendia bolinhos de mandioca, lhe disse:

— Guarda a moeda, curumim. Toma cá uns bolinhos.

Nauru agradeceu muitíssimo e, ali mesmo, em pé, devorou a comida como um animal esfomeado. Mas o alimento era pouco. Minutos depois, já estava com fome outra vez. E, pior, tinha ainda mais sede.

Após perambular mais um tanto, voltou à mesma jovem, pedindo comida. Dessa vez foi rechaçado:

— Já te dei um pouco antes, não? Assim me atrapalhas os negócios.

Mas, como seus olhos se encheram de lágrimas, a moça sentiu dó e lhe entregou mais três bolinhos. E, talvez pressentindo sua sede, lhe ofereceu uma cuia de água, advertindo-o:

— Mas não volta mais cá, hein?

Aquela foi sua última refeição do dia. Quando a noite chegou, acomodou-se num canto de rua e dormiu, sentindo o estômago se remexer, a garganta seca e bastante frio.

Mais de uma semana passou naquele regime. Perambulava pela cidade, sem encontrar alguém em quem pudesse confiar, contando com uma ou outra moeda jogada a ele, uma ou outra oferta de comida ou restos de comida, sem lugar para dormir, sem tomar banho, passando fome.

Ao décimo dia, ele já não conseguia raciocinar claramente. Seus membros doíam, seus pés calosos sangravam. Tinha perdido seis quilos, o que era muito para seu corpo franzino. Estava pálido, com os ossos expostos. Sujo, as pessoas fugiam a seu contato. Foi enxotado, insultado, humilhado. Sofria desmaios.

Aquela noite, completamente exaurido, quando se encaminhava ao local de sempre para dormir, sentiu que as pernas trôpegas já não obedeciam a ele. Como um bêbado ou um náufrago que acaba de pisar em terra firme, cambaleou e caiu no meio da rua. Tinha dificuldade para respirar e, apesar de manter a consciência, não conseguia se levantar do chão.

Ali mesmo ficou durante toda a madrugada, com os olhos semiabertos, sem que a fome lhe permitisse dormir. Quando o dia raiou, permanecia imóvel. Não conseguia nem ao menos falar.

Até que, enfim, alguém o retirou do chão e o apanhou no colo com carinho, sussurrando mansamente em seu ouvido:

— Vem, criança, vem. Chega de sofrimento. Você vem comigo.

12.
UMA VOZ AMIGA

Nauru finalmente dormiu ao contato daqueles braços. Quando acordou, estava num quarto escuro, pequeno, deitado numa esteira, ao lado de pelo menos mais umas dez crianças, a maioria negras ou mestiças.

Uma senhora de pele acinzentada, cabelos muito brancos, faces murchas e nariz adunco como o de uma arara estava ao seu lado e alisava o seu cabelo. Havia lhe trazido um pedaço de pão e uma cuia de leite. Ao olhar para ela, o menino tomou um susto. Mas, alisando sua cabeça, ela o tranquilizou:

— Meu nome é Má. Fui eu que o tirei da rua. Não tenha medo. Agora você está em minha casa e nada de mau vai lhe acontecer. Coma e descanse.

E, dizendo isso, levou o pedaço de pão à boca do curumim, entregando-lhe em seguida a cuia de leite.

Durante três dias Nauru ficou naquele quarto, recebendo as visitas da senhora, que lhe trazia comida e bebida, sempre muito gentil. Pela manhã, o local se esvaziava, todas as crianças deixavam suas esteiras e saíam, voltando apenas tarde da noite. Ele escutava conversas de mulheres e sentia cheiro de comida vindos de um outro cômodo da casa.

Na tarde do quarto dia, sentindo-se recuperado, o menino finalmente se levantou da esteira e deixou o quarto. Na sala ao lado, encontrou um espaço pouco maior que o do aposento em que dormia, lotado de negras, que cozinhavam em grandes tachos de barro. Má comandava a todas, energicamente, apoiada num cajado. Ao vê-lo, aproximou-se, sorrindo com uma boca sem dentes e apertando gentilmente suas bochechas:

— Ah, mas então o nosso pequeno já está sarado! Que bom! Meninas, este é o nosso novo hóspede, Nauru. Mais um que veio para nos ajudar.

Enquanto falava, Nauru percebia que as crianças que dormiam com ele no quarto entravam e saíam do lugar, carregando comida em tabuleiros e cestos que as negras depositavam sobre suas cabeças.

— E então? Pronto para iniciar a brincadeira? — disse a velha, olhando para o menino.

Nauru nada entendeu. Vendo seu espanto, Má lhe explicou a que brincadeira estava se referindo. Todas as crianças ali da casa, que ela acolhia com tanto carinho, tinham por diversão oferecer pela cidade a comida que ela e suas "companheiras" preparavam.

— Isto se chama "venda" — explicou.

Os meninos e meninas recolhiam as moedas que ganhavam com a "venda" dos produtos e, em troca, podiam dormir ali naquele aprazível lugar, tinham comida e bebida à vontade, ficavam com algumas moedinhas para si e ainda se divertiam batendo perna pela cidade.

Da forma como Má explicou, a coisa parecia realmente muito atraente. Primeiro, ela era uma pessoa boa. Segundo, ele teria casa e comida. Terceiro, havia a chance de conhecer a aldeia dos brancos e achar as terras do tal *ioiô* Pedro, onde ainda tinha esperanças de encontrar o irmão.

Logo, então, Nauru vestiu as roupas de branco que ela lhe cedeu — pois, segundo explicou, ele precisava "passar uma boa impressão para os fregueses" —, colocou um tabuleiro de doces na cabeça e saiu para a rua.

E assim fez, durante vários dias seguidos. Saía cedo pela manhã, com os outros, e andava a cidade inteira, até ter vendido o último pedaço de bolo, pamonha, quindim ou o que quer que fosse. Vendida toda a mercadoria, tornava à casa de Má para apanhar um novo carregamento e voltava à rua. Ia e vinha várias vezes, deixava as moedas arrecadadas com a dona da casa, até que, tarde da noite, retornava definitivamente para a oca. Exausto, se atirava na esteira e dormia.

Quando sobrava forças, tomava um banho de cuia nos fundos da casa. No final da semana, a velha lhe dava uma pequena quantidade de moedas, que mal dariam para comprar um único daqueles doces e salgados que vendia.

Na segunda semana, a comida servida em casa por Má foi rareando e a qualidade já não era a mesma dos primeiros dias. Aos poucos, a senhora também foi perdendo seu jeito educado e gentil e cobrando cada vez maiores vendas de seu "colaborador".

— Você precisa vender mais, meu filho. Você não vem tratando a velha Má como ela merece. São estas poucas moedas que me dá em retribuição ao conforto que lhe ofereço? — dizia a senhora num tom severo.

Ao fim de pouquíssimo tempo, portanto, Nauru compreendeu que estava sendo explorado. Era tão escravo quanto os negros que via nas ruas carregando os brancos em redes ou cadeirinhas. Descobriu, da maneira mais dura, quais os artifícios que os brancos usavam para ganhar as preciosas moedas que os transformavam em senhores de tudo e de todos.

— Tudo é uma questão de troca, meu filho. Eu lhe dou algo, você me dá algo em troca. Mas você não está cumprindo bem sua parte do trato — explicava a velha.

No entanto, Nauru sabia bem o que era troca. Os

Eçaraias faziam trocas entre si e com outros povos. Davam e recebiam objetos com prazer, sem exigir nada. Aquilo ali era coisa bem diversa.

Ora, se havia comida suficiente para todos, por que simplesmente não distribuí-la? Por que os brancos haviam inventado aquela história de "venda", senão para manter toda a riqueza em suas mãos? Nauru era inteligente, mas não era preciso ser nenhum Nauru para entender que alguma coisa ali estava errada.

Aquela "brincadeira" tinha pouco de divertida. Logo ele descobriu que ela tinha um outro nome: chamava-se "trabalho". Mas não um trabalho livre, como a caça e a pesca em sua aldeia natal, e sim uma atividade cansativa e monótona. E se tantas crianças se submetiam àquela situação, era simplesmente por falta de escolha. Tinham que optar entre o frio, a fome e a sede, ou seja, a vida na rua, e a "brincadeira" sem graça de Má.

Mais uma vez, Nauru havia caído numa armadilha de brancos. Agora, não havia um Deus para puni-lo nem pajés para castigá-lo e exigir que cumprisse ordens. O simples medo da miséria das ruas é que se encarregava de fazer com que negros, índios e mestiços seguissem os desejos dos brancos.

Em menos de um mês, portanto, Nauru, já estava decidido a deixar a casa de Má. E certamente o faria, sem medo de fome, frio ou sede, se um fato novo não viesse mudar suas intenções. Foi que ele, em suas andanças e conversas pela cidade, finalmente acabou por descobrir a localização exata das terras de *ioiô* Pedro.

Elas não ficavam muito afastadas da cidade. Podia-se chegar até lá andando. Então, aproveitando-se do fato de ser um vendedor, Nauru passou a ir até a grande oca de que o *ioiô* era dono para supostamente vender seus quitutes. Mas, na realidade, claro, isso servia apenas de pretexto para tentar achar, ali, seu irmão.

Sendo assim, permaneceu mais um tempo na casa de Má, indo diariamente às terras do *ioiô*. Nelas, enquanto oferecia doces e salgados, aproveitava para conversar com escravos e empregados e tentar saber algo sobre Anhana.

A senhora dona da oca, mulher de *ioiô* Pedro, e seus seis filhos, gostavam particularmente dos quindins levados por Nauru e alguns pequenos escravos até se dispunham a trocar algumas palavras com ele. Mas, ao fim de um mês de incursões ao lugar, olhando e vasculhando cada canto das terras, acabou por convencer-se de que Anhana jamais estivera ali.

No final de tarde em que decidiu abandonar definitivamente suas buscas, atravessava as terras do *ioiô* de volta para a casa de Má, cabisbaixo, tristonho, mordendo os lábios, pensando no que fazer de sua vida, quando ouviu um grande alarido.

Quatro homens negros e um índio entravam nas terras, empurrando um sujeito que lutava contra eles. Seguindo o grupo de perto, sobre um cavalo, estava um senhor branco, gordo e alto.

Em suas idas àquele lugar, Nauru não tinha visto ainda *ioiô* Pedro. Ele permanecia no litoral, fazendo algo que Nauru não tinha a mínima ideia do que fosse: "explorando pau-brasil", diziam os empregados e a própria senhora, sua esposa, uma mulher também gorda e muito jovem.

Quando viu o homem no cavalo, teve a impressão de que se tratava do *ioiô*. O que logo se transformou em certeza quando o ouviu dizer, com voz possante de mando:

— Prendam-no no tronco! Desta vez este índio boçal há de aprender!

Seguindo as ordens do seu senhor, os cinco homens, com extrema dificuldade, enfim conseguiram prender o homem ao pedaço de madeira grossa que ficava diante da imensa oca. Ele gritava, urrava, cuspia, xingava e se cortava, lutando contra as cordas que o amarravam.

— Não sou seu escravo! Ninguém jamais vai me fazer de escravo! — berrava.

Muito espantado, Nauru tentou passar ao largo da confusão mas, como o tronco ficava em seu caminho, não pôde deixar de olhar para o homem em fúria. E, naquele momento, todo o sangue lhe fugiu do rosto. Ele ficou tonto.

    O prisioneiro que soltava insultos, irado, era Anhana.

13.
ANHANA

Ninguém pode imaginar a alegria de Nauru ao ver o irmão. Quer dizer, alegria por um lado e tristeza por outro, já que Anhana estava enfrentando uma situação terrível, amarrado e maltratado pelos escravos do branco. Teve que arrancar de si uma tremenda força para poder se controlar e não correr até ele. Queria abraçá-lo longamente, após tanto tempo de separação.

Anhana tinha crescido muito e estava incrivelmente musculoso, quase irreconhecível. Nauru ficou parado algum tempo, observando como o irmão, apesar dos machucados e do copo sujo de terra, havia ficado bonito.

Mas logo deu as costas e continuou seu caminho para fora das terras do *ioiô*. Tinha medo que Anhana, ao vê-lo, com seu jeito impetuoso e festivo, acabasse revelando conhecê-lo. O que seria péssimo para o plano que Nauru tinha em mente.

Sendo assim, afastou-se dali rapidamente e voltou à casa de Má. Naquela noite, não conseguiu dormir, pensando na cena que tinha visto e no que iria fazer no dia seguinte. Não encontrou posição confortável para se acomodar na esteira.

Pela manhã, foi o primeiro a se levantar e se dirigir à cozinha, onde as mulheres já preparavam a comida a ser vendida no dia. Nauru ficou por ali, caminhando de um lado a outro, vasculhando os móveis com os olhos, se enfiando no meio das cozinheiras.

— O que esse menino tem? — perguntou uma delas.

— Calma, curumim, a comida já fica pronta. Vá para o seu quarto esperar — disse outra.

— Estou pressentindo um bom dia de trabalho — falou Nauru, enquanto remexia em facas e colheres.

— Ah, vejo que o menino hoje levantou bem-disposto! — disse Má, que acabava de acordar, com um bocejo. E continuou: — Está pronto para fazer boas vendas, filho? Suas últimas não têm sido nada boas, ahn?

— Sim, sim. Vejo que hoje farei um grande negócio — respondeu Nauru, abrindo um sorriso como nunca aquela casa tinha visto.

Poucos minutos depois, saía com um tabuleiro de bolinhos na cabeça. Uma vez na rua, dirigiu-se diretamente para as terras de *ioiô* Pedro. Ali, como de costume, cumprimentou a todos, passou por Anhana, que dormia amarrado ao tronco, e seguiu para a oca principal do lugar, fazendo elogios e oferecendo o produto à dona da casa e a suas crianças.

— Que tens hoje, aí, ó moleque? — perguntou a mulher.

— Bolinhos de mandioca, minha senhora. Os melhores da cidade.

— Dá-me cá uma porção. Deixa-me ver.

— Sinhá não vai se arrepender. E as *iaiazinhas* e *ioiozinhos*, não querem também?

Os filhos e as filhas da mulher — a quem sempre Nauru tentava divertir, calculadamente, para se tornar querido no local — se aproximaram do tabuleiro e apanharam, por sua vez, alguns salgados.

Nauru aproveitou para perguntar:

— Não quero ser indiscreto, sinhá, mas quem é este índio que está preso lá no tronco?

— Ah, isto são coisas de que Pedro entende mais do que eu. O que sei é que se trata de um escravo impossível de ser domado, não trabalha direito no recolhimento do pau-brasil. Se depender do meu marido, vai apodrecer lá no tronco, sem água ou comida. Desta vez, acho que não escapa.

Sempre de uma maneira muito polida e humilde, Nauru foi fazendo perguntas à senhora, que respondia despreocupadamente, entre um bolinho e outro. Assim, ficou sabendo que *ioiô* Pedro, além daquelas terras, que eram chamadas de "engenho" e serviam para o cultivo de uma planta chamada "cana-de-açúcar", possuía outras, mais próximas do litoral, onde colhia um tipo de árvore que ali crescia espontaneamente, o tal "pau-brasil".

Os negros escravos trabalhavam na lavoura da cana e produziam ali no engenho um negócio chamado "açúcar". Já os índios, eram levados ao litoral e, sob o mando dos brancos, passavam ali longos períodos, derrubando as árvores de pau-brasil. O açúcar e o pau-brasil eram depois enviados em grandes barcos para a terra natal dos brancos, um lugar muito distante, do outro lado do mar.

— É o mesmo lugar de onde foram trazidos os negros? — perguntou Nauru, inocentemente.

A senhora riu muito e depois explicou, cuspindo pequenos pedacinhos de comida:

— Não, não, moleque. Tinha graça! Estes malditos negros são trazidos de África, um outro lugar, selvagem, onde só há bichos e bestas. Portugal é uma outra coisa. Não acreditarias se visses. Lisboa é uma cidade rica, nada a ver com Áfricas ou estes miseráveis Brasis.

E, após uma pausa, como se falasse para si mesma, continuou:

— Estes negros custam caro, são comprados a preço de ouro. Já os índios, não. Índios há aos montes por estas selvas. É só uma questão de caçá-los.

A senhora riu mais uma vez, talvez sem perceber que naquele exato momento falava com um nativo da terra que ela chamava "Brasis". Nauru, por sua parte, ficou mais uma vez espantado com a astúcia dos brancos.

— Quanto lhe devo? — perguntou por fim a senhora, já um tanto enfadada de tanta comida e conversa.

— Sinhá não se preocupe — respondeu Nauru.

— Fala, moleque. Quanto me custaram os bolinhos?

— Coisa pouca, sinhá. Pode me pagar de outra vez, outro dia...

— Toma lá estas moedas, ó moleque — disse ela, por fim, tirando o dinheiro de uma pequena bolsa de pano. — Sabes que, apesar de seres índio, gosto um tanto de ti? Aliás, nem te pareces com os índios. Podes ficar com o troco — falou por fim, pensando fazer um grande elogio. E, chamando as crianças para perto de si, entrou na oca.

Nauru lançou os olhos pelos campos. Os negros trabalhavam em meio às canas-de-açúcar. Alguns passavam a sua frente, carregando objetos. Outros lavavam roupas, perto de um riacho. Outros ainda, numa oca apartada, mexiam num grande tacho fervente, produzindo muita fumaça.

Como de outras vezes, ele se deixou ficar pelos cantos, conversando com um ou outro e, principalmente, gravando bem na memória a disposição do terreno, a localização de cada oca, a movimentação de cada trabalhador.

Os estrangeiros

Durante todo o tempo que permaneceu ali, Anhana dormia, com o sol quente queimando seu rosto e seu corpo marcado. Teve pena do irmão. Mais de uma vez seus olhos se encheram d'água. Mas se manteve forte. Sabia que não era hora de pôr o plano em prática.

Assim, por volta do meio-dia, para que Má não estranhasse sua ausência, retornou a casa, apanhou mais um pouco de comida e saiu a vender pela cidade. Voltou à oca para se munir de doces uma última vez quando a tarde já caía. E foi então que se dirigiu novamente às terras do *ioiô*.

Ali chegando, fez os costumeiros elogios à dona da casa e, como seu marido se encontrasse deitado numa rede ao lado dela, apresentou-se, cheio de mesuras, a ele. Os brancos, daquela vez, não estavam interessados nos doces que ele trazia. Apenas a filha mais nova do casal comeu uma cocada.

Nauru então pediu permissão para vender seus produtos entre os negros e trabalhadores e se demorou a percorrer as terras, indo de pessoa em pessoa, prolongando as conversas e negociações.

Por volta das nove horas da noite, quando já havia vendido tudo o que trouxera em seu tabuleiro, viu a oportunidade surgir. Havia poucas pessoas no descampado àquela hora. Os senhores, suas crianças e criados mais próximos estavam dentro da oca principal do engenho.

Fingindo se retirar, Nauru passou a poucos passos do tronco em que Anhana estava preso. Quando se encontrava exatamente ao lado do irmão, fingiu tropeçar e se jogou no chão. Ouviu a risada de alguns negros que tinham visto a cena, reunidos do lado de fora de suas ocas, que se chamavam "senzala".

Anhana, que estava acordado, olhou também em sua direção, sem muito interesse. Mas, num instante, arregalou os olhos e, esfuziante de alegria, se preparou para gritar o nome do irmão. Nauru interveio, rápido:

— Psss! Não fala nada, Anhana. Silêncio. Toma isto.

Falando assim, lançou para trás do corpo do irmão uma enorme faca que havia conseguido tirar de dentro da cozinha de Má. E prosseguiu:

— Espera todos dormirem. Espera a madrugada. Corta estas tuas cordas com a faca e foge. Estarei te esperando na primeira curva do caminho, do lado de fora do engenho.

— Mas... — tentou falar o irmão.

— É tudo. Boa sorte — interrompeu Nauru.

Em seguida, se levantou, batendo o pó da roupa e se retirou do engenho, indo se esconder no local combinado com o irmão.

Ali ficou longo tempo. Mais uma vez o acompanhou aquela sensação de que os minutos não passavam. Até que, pelo meio da madrugada, ouviu passos. Teve medo.

Seria seu irmão? Cuidadosamente saiu de trás do arbusto em que estava escondido. Olhou na direção da picada e viu grandes dentes brancos no meio de um sorriso.

— Irmão! — gritou Anhana, abraçando-o com tanta força que ele quase perde o fôlego.

— Silêncio! Podem ouvir! — falou Nauru, também emocionado com o reencontro.

— E agora? Para onde vamos? — perguntou Anhana por fim, quando já haviam se tocado e acarinhado o suficiente.

Nauru respirou fundo e disse, cheio de vida:

— Agora vamos salvar Saru!

14.
SARU

Naquela madrugada, Nauru levou Anhana para dormir com ele na casa de Má. Passaram horas conversando sobre o que tinha acontecido a cada um deles durante o largo espaço de tempo em que não tinham se visto. Na manhã seguinte, apresentou o irmão à dona da casa, que ficou muito feliz em saber que contaria com a ajuda de mais um "colaborador".

Sendo assim, naquele mesmo dia, Nauru e Anhana — que também ganhou roupas esfarrapadas de branco, após tomar um banho de cuia — saíram pelas ruas, como se estivessem dispostos a vender as comidinhas preparadas por Má e suas ajudantes. Mas, claro, Nauru tinha outra ideia em mente.

— Para onde a gente está indo, Nauru? — perguntou Anhana, ansioso.

— Para a aldeia dos pajés brancos.

— Você está louco? Quer ser pego outra vez por eles?

— Eu tenho um plano.

— Qual? Não me diga que você quer derrubar aquelas paredes imensas!

— Quase isso.
— E como a gente vai se livrar dos vigilantes?
— A gente vai agir à noite.
— Tudo bem. Mas como a gente vai entrar no lugar?
— Já disse: eu tenho um plano.

Ao ouvir aquelas palavras, Anhana se tranquilizou. Cheio de coragem, já se via derrubando os portões da aldeia e trazendo Saru em seus braços. Mas a frase seguinte do irmão o deixou preocupado:

— Só espero que Saru ainda esteja lá dentro.
— Como assim?
— Você lembra de Mulambi?
— Mulambi?
— A cozinheira da aldeia dos pajés brancos.
— Sim, claro.
— O filho dela foi quem me ajudou a fugir.
— Sei, você me contou. Mas Tiago pegou Saru.
— Isto mesmo. Pois, faz algum tempo, em minhas andanças para vender estes doces de Má, encontrei o pobre Nigiri, esfarrapado, esfomeado, jogado na rua.
— Por quê?
— Ora, foi punido pelos brancos por nos ajudar na fuga e expulso da aldeia.
— Sim, mas o que isso tem a ver com Saru?
— Nigiri me disse que Saru vinha se destacando cada vez mais nos estudos e os brancos haviam decidi-

do levá-lo lá para a terra distante deles, do outro lado do mar, para mostrá-lo a seus chefes.

— Não acredito!

— Acredite. E, por isto, eu digo: espero que Saru ainda esteja aí, neste lugar.

Ao dizer essas palavras, Nauru apontou para a frente. Eles tinham chegado a poucos passos da aldeia dos pajés brancos. Seguindo as indicações do irmão mais novo, em vez de seguirem na direção do portão principal, os dois rodearam a grande taba de pedra e se dirigiram aos fundos, onde ela margeava a floresta.

Nauru, então, após fazer algumas medições, tocou num ponto do alto muro, dizendo:

— É aqui.

— O quê? — perguntou Anhana, sem entender.

— Este ponto aqui fica a apenas alguns passos da oca em que os brancos colocam os índios para dormir.

— Sim, mas, não compreendo...

— Olhe para o chão e veja como a areia é fofa. Se nós conseguirmos cavar um túnel, entraremos sem que ninguém perceba, pois do outro lado há uma grande quantidade de árvores. E dali até o lugar onde Saru dorme, é um pulo.

— Mas, e depois? A porta? Como vamos abrir a porta do quarto?

— Ah, este é um truque que aprendi com os meninos lá da casa de Má. Usando dois pedaços de ferro, sou capaz de abrir qualquer porta construída por um branco.

— Se é assim, mãos à obra! — entusiasmou-se Anhana.

— Não, calma. Não agora. Para que ninguém desconfie e por ser mais seguro, a gente vem aqui à noite. Pela manhã, vendemos doces e salgados. Nas noites e madrugadas, a gente vem para cá trabalhar no túnel.

— Bem pensado.

— Só há um problema... Ferramentas. A gente vai precisar de pás.

— Pode deixar comigo. Posso conseguir duas, facilmente, com alguns índios que trabalharam comigo nas terras do *ioiô* e me devem alguns favores. Hoje mesmo posso pegá-las.

— Não é arriscado?

— Não. Eu conheço os caminhos do litoral. Sei chegar até eles sem ser visto.

— Então, ótimo. Está tudo acertado.

E assim foi. Aquele dia, passaram-no inteiro vendendo comida. Quando chegou a noite e o fim dos trabalhos, eles se dirigiram ao local apontado por Nauru. Anhana já havia conseguido as duas pás.

De posse dos instrumentos, puseram-se a cavar. Nauru, parando de tempos em tempos para recuperar o fôlego. Anhana, com todos os fortes músculos em atividade, arrancando gigantescas porções de terra a cada escavada.

Perto do raiar do dia, deixavam as pás entre os arbustos e plantas da selva e retornavam para a casa de Má. Silenciosamente, dirigiam-se ao quarto, onde dormiam cerca de uma ou duas horas apenas.

E assim, por mais de duas semanas, seguiram uma rotina estafante. Ao final desse tempo, estavam visivelmente esgotados. Mas tinham, finalmente, terminado o túnel e já podiam entrar livremente na aldeia. Escolheram uma noite sem lua para fazê-lo.

Os cálculos de Nauru tinham sido precisos. Assim que entraram no lugar, os meninos se viram protegidos por grossos troncos de árvores. Através deles podiam ver, muito próxima, a porta de entrada do quarto dos curumins.

Dali, tinham também uma boa visão do pátio da aldeia e, à exceção do porteiro, que se encontrava muito distante, andando de um lado a outro do portão principal, não viam mais ninguém.

— Vamos! — disse logo Anhana, excitado.

— Calma — pediu Nauru, segurando o impetuoso irmão. — Muito cuidado. Eu vou. Você fica aqui e vigia o porteiro. A qualquer sinal de perigo, assobie, que eu retorno correndo. Combinado?

— Sim.

— Então, lá vou eu.

— Boa sorte.

Eles se abraçaram e Nauru seguiu em passos cautelosos até a porta. Ali, retirou a pesada tranca de madeira e sacou do bolso dois pedacinhos de ferro que havia encontrado na cozinha de Má. Enfiando-os na fechadura, após alguns giros rápidos e hábeis das mãos, conseguiu abrir a porta e deslizou sorrateiramente para dentro do quarto.

O escuro dificultava a tarefa de Nauru. Também a quantidade de indiozinhos havia aumentado enormemente. Quando seus olhos se acostumaram à escuridão, passou de esteira em esteira, observando atentamente as feições dos curumins. Isso levou um grande tempo. Ao chegar ao último leito, não havia encontrado o irmão.

Sentiu um peso no peito. Desesperado, retomou a ação desde o princípio, demorando-se mais em cada esteira dessa vez. Alguns meninos dormiam de barriga para baixo e tinham o rosto escondido em panos, o que dificultava um pouco a empreitada. Nauru então afastava cautelosamente o tecido que os cobria e constatava com tristeza que aquele garoto não era o irmãozinho.

Após a segunda revista, sufocando de dor, desistiu. Com passos desanimados, dirigiu-se para a saída. Foi quando ouviu uma voz sussurrar:

— Nauru?

Olhou para o local de onde vinha a voz e viu um indiozinho sentado numa esteira. Estava mais alto, mais magro, já com alguns traços de homem — mas, sim, era Saru. Nauru correu até ele e o abraçou fortemente. Depois, o suspendeu nos braços e, apressado, saiu pela porta do quarto.

— Nauru... — tentava falar o curumim.

— Silêncio. Venha. Vamos sair daqui — sussurrava o irmão, carregando-o.

Chegaram ao local onde estava Anhana e logo escaparam pelo túnel, alcançando o outro lado do muro.

— Agora, corram! — chamou Anhana. — Acho que o porteiro viu qualquer coisa!

Nauru pôs Saru no chão e, dando-lhe a mão, seguiu a recomendação de Anhana. Para sua surpresa, no entanto, Saru se manteve imóvel.

— Venha, Saru! Rápido! Precisamos correr! — falaram os dois irmãos.

O menino respondeu:

— Não posso. Isto é errado.

— O que você está dizendo, Saru? Ficou louco? — revoltou-se Anhana.

— Deus não quer que eu faça isto, Anhana. Seria errado — insistiu o outro.

Anhana se aproximou do menino, vermelho de raiva. Nauru o conteve e se agachou junto ao irmãozinho, passando a mão em sua cabeça:

— Saru, você se lembra do nosso pai, da nossa mãe, da nossa tribo?

O menino encheu imediatamente os olhos de lágrimas e fez que sim com a cabeça.

— Você quer revê-los, Saru? Você não acha que Deus quer que você os reveja? — insistiu Nauru. O menino repetiu o gesto, ele prosseguiu: — Então venha conosco, agora! Está esquecido de quem é, de onde veio? Você é um Eçaraia, Saru! Está esquecido disso? Hein?

Ouviu-se um barulho vindo de dentro da aldeia.

— Precisamos ir, rápido! — insistia Anhana.

Nauru estendeu os braços para o pequeno:

— Venha!

Então este, enfim abrindo um sorriso, o abraçou firmemente, fazendo em seguida o mesmo com o irmão mais velho. E assim, os três irmãos, livres, dispararam numa fuga desabalada.

15.
O RETORNO

Nauru sabia exatamente para onde estava indo. Para a margem do rio que cortava a cidade dos brancos, ao lugar em que havia enterrado a canoa construída por ele e Mului. Apesar do escuro, conseguiu identificar o local. Chegando ali, os meninos puseram imediatamente as mãos na terra e começaram a cavar.

A operação precisava ser rápida. Àquela altura, os pajés brancos deviam estar todos em comitiva procurando aquele que era seu aluno predileto.

— Tem certeza de que foi aqui, Nauru? — perguntava Anhana, nervoso.

— Claro que foi. Tem que estar aqui em algum canto.

— E se alguém a encontrou antes?

— Não, ninguém me viu enterrar o barco. Vamos cavar.

Assim, eles continuaram a escavação, preocupados, pois ouviam uma movimentação estranha na cidade e suspeitavam que os brancos estivessem perto.

— Não foi na outra margem que você enterrou? — perguntava Anhana.

— Não! — irritava-se Nauru. — Foi aqui. Exatamente aqui. É só procurar que a gente acha.

E de fato, Saru, que todo aquele tempo permanecera calado, enfim tocou em algo sólido debaixo da terra.

— Aqui! — disse.

Os outros dois foram até o local e escavaram o solo. Dentro em pouco, surgia a canoa. Estava cheia de terra.

— Vai ser impossível fazer isto flutuar! — falou Anhana.

— Vai, principalmente se você ficar só falando e não vier ajudar a tirar a areia de dentro dela!

Com muita dificuldade eles retiraram o grosso da areia. Em seguida, usaram a água do rio e a força de Anhana para lavar a canoa e se livrar dos restos de terra.

— Pronto. Acho que agora vai — falou o irmão mais velho.

Ao longe, sobre as pedras da cidade, luzes eram acesas, tochas eram carregadas, ouvia-se o burburinho dos brancos.

— Devem ter ido por ali!
— Por lá!
— Estão acolá!
— Venham!

Mas os meninos estavam bem protegidos belo banco de areia e as plantas da margem.

— Muito silêncio. Venham. Vamos ver se esta coisa

flutua — falou Nauru e, com a ajuda dos outros dois, empurrou o barco para dentro da água.

A canoa deslizou sobre o rio e ali permaneceu. Anhana colocou Saru dentro dela e, depois, ajudou Nauru a embarcar. Lavaram os remos que estavam escondidos com a embarcação e, com muito, mas muito cuidado, se puseram a remar, vagarosamente. Enquanto isso, a busca dos brancos continuava:

— Devem ter corrido para os matos!

— Não, desceram até o mar!

— Procurem pelas ruas!

— Não têm chance de escapar!

A canoa, com os meninos curvados dentro dela, seguia lentamente, próxima à margem. Pouco a pouco, os sons da gente que os caçava foi ficando para trás. Até que cessaram inteiramente.

— Acho que agora a gente já pode remar com vontade — falou Nauru.

— Pode deixar comigo! — respondeu Anhana.

Colocando toda a força de que eram capazes nos braços, os dois impulsionaram o barco contra a fraca correnteza. À medida que avançavam, a terra ia sumindo de seu campo de visão. Até que virou apenas um ponto e desapareceu.

— Salvos! Estamos salvos! — gritou Anhana, sempre exagerado em suas emoções.

— Pssss! — pediu Saru, que ainda não estava tranquilo.

— Não é bem assim — comentou Nauru, que sentira na pele as dificuldades de descer aquele rio. — A gente ainda tem muita água pela frente.

Seja como for, os três irmãos seguiram, a toda força, sós, sob a noite escura. A ideia era ancorar num ponto próximo àquele onde encontraram o homem do galpão, quando fugiam dos Aíbas, tempos atrás. Desceriam ali e, confiando no senso de direção de Anhana e na capacidade de observação de Nauru, caminhariam de volta até a aldeia dos Eçaraias.

E assim fizeram — após tremendas dificuldades. A primeira delas era a falta de comida. Ao longo do percurso, precisaram parar várias vezes, à cata de frutos e raízes. A segunda, era remar contra a corrente que, em certos pontos, tornava-se extremamente poderosa. Por fim, havia a duração da jornada: cerca de três dias, sob sol, chuva e sereno.

Ao se aproximarem do local desejado, no meio de uma manhã clara, passaram ao largo do galpão. Alguns quilômetros adiante, ancoraram o barco e desceram em terra firme.

— O lugar é mais ou menos este — disse Anhana.

— Sim — concordou Nauru, apontando para um ponto na selva —, eu me lembro daquelas árvores.

Nisto, Saru, sempre calado, se afastou do grupo, andando pela margem. Dirigiu-se a uma planta vermelha, que estava a uns cem passos dos outros. Então fez um sinal para os dois e gritou:

— Foi aqui! Foi aqui que descemos e vimos pela primeira vez as águas deste rio!

Nauru olhou para Anhana, que olhou de volta para Nauru. Os dois deram de ombros e foram até o local onde estava o curumim. Ali, viram uma picada que subia para o interior da floresta.

— Ele está certo — afirmou Nauru, que tinha uma memória excelente, coisa que seu pequeno irmão dava sinais de ter também desenvolvido.

— Então, vamos! — chamou Anhana.

Estiveram naquela parte da floresta uma única vez. Mas a fuga desesperada da aldeia, ainda que tivesse ocorrido tanto tempo antes e parte no escuro, havia deixado fortes marcas nos três. Principalmente em Nauru, que lembrava de vários pontos por onde haviam passado.

Sendo assim, ao final de algumas horas, alcançaram a região conhecida da selva, cujos caminhos e picadas Anhana tão bem dominava.

— Estamos perto! — comemorou o irmão mais velho, apressando os passos, e os outros dois o seguiram felizes.

Mas sua alegria logo diminuiu, até desaparecer por

completo e se transformar em dor profunda, quando eles finalmente chegaram ao local onde fora erguida a taba dos Eçaraias.

O lugar estava inteiramente devastado. Onde antes havia ocas, cercas, animais, plantas, arcos, flechas, lanças, cestas, cuias, pais, mães, amigos e parentes, havia agora um grande clarão no meio da mata e pedaços destruídos e queimados de madeira, palha e objetos. A aldeia dos Eçaraias havia desaparecido.

Os três irmãos nada disseram. E, como num movimento sincronizado, simplesmente se deixaram cair sentados no chão. Não conseguiam falar. Não conseguiam chorar. Não conseguiam pensar direito.

Então os brancos haviam vencido? Então todo o esforço deles havia sido em vão? Para que tanta luta, tanto esforço para voltar a ser livre, se já não tinham mais parentes, se já não tinham um lugar onde morar? E agora? Para onde iriam?

Durante muito tempo essas questões rolaram dentro da cabeça de Nauru. A manhã acabou, a tarde avançava e os três permaneciam no mesmo canto, mudos, tristes, sem fazer um único movimento.

Porém, de repente, o silêncio que a mata parecia fazer em respeito ao luto dos três irmãos foi interrompido. Tensos, eles ouviram um barulho. Algo se mexia entre os matos.

— Por aqui! — falou Anhana, puxando os dois irmãos para trás de um arbusto.

Esperavam o ataque de uma fera ou, pior, de um branco. Com o coração batendo forte, viram a figura se aproximar, no passo lento de quem procura uma presa.

— Vou atacar! — sussurrava Anhana.

— Calma — pedia Nauru, mastigando os lábios.

Saru se segurava no corpo do irmão do meio, tremendo.

— Vou atacar! — repetia Anhana, vermelho de raiva, remoendo na lembrança todas as desgraças que os brancos haviam gerado.

Nauru voltava a pedir calma num sussurro e Saru o abraçava cada vez com mais força. Até que a figura deixou a mata e se mostrou de corpo inteiro.

Os três não acreditaram no que viram. Não se tratava de uma fera. Não era um branco. A pessoa que estava parada diante de seus olhos era ninguém menos que sua mãe.

— Mãe! — gritaram os três, correndo para abraçá-la.

E passaram muito tempo assim, abraçados, festejando o reencontro. Os meninos, nervosos, não conseguiam conter as perguntas: onde estavam todos? E seu pai? O que havia acontecido com a aldeia? De onde ela vinha? O que estava fazendo ali?

Então, calmamente, sua mãe explicou que os bran-

cos haviam destruído completamente a taba, mas que muitos Eçaraias haviam conseguido fugir. E agora, sempre se afastando dos estrangeiros, que adentravam cada vez mais o território dos índios, haviam estabelecido uma nova aldeia a muitos quilômetros dali.

O pai deles tinha sido barbaramente ferido, seu estado era bastante grave. Mas estava vivo. E, como ela, acreditava rever os meninos um dia. Por isso, diariamente, ela vinha até aquele local, o antigo sítio dos Eçaraias, esperando encontrá-los.

— Tínhamos certeza de que vocês retornariam — disse, por fim, entre lágrimas.

Os três se abraçaram novamente. E, pouco depois, se puseram a caminho. Seguiam juntos, pelo meio da mata, para a nova aldeia dos Eçaraias. Fugiam para longe dos brancos, para longe da destruição que eles traziam.

Procuravam ter de volta a paz que possuíam antes da chegada dos invasores. Uma paz que se tornava cada dia mais difícil de ser obtida. E que seria eternamente ameaçada pelo poderio dos estrangeiros.

SOBRE O AUTOR

Marconi Leal nasceu no Recife, a 30 de janeiro de 1975, ano em que houve uma das maiores enchentes de Pernambuco. A imagem das águas barrentas que costumavam inundar sua rua é a memória mais antiga que guarda da cidade maurícia. Talvez por isso, adora o Capibaribe, rio que a banha e corta.

Miscigenado como a maioria dos brasileiros, tem em sua ascendência elementos negros, árabes, portugueses e provavelmente outros que a memória familiar não registra. Mas, ao contrário dos grandes escritores nordestinos de sua estima, foi principalmente marcado pela cultura urbana.

Completou o ensino fundamental e o médio no Colégio Marista São Luís, o mesmo onde, muitos anos antes, estudou o poeta pernambucano João Cabral de Melo Neto. Torce pelo Sport, "doença" de que também padece seu concidadão, o escritor Ariano Suassuna. E morou no bairro das Graças, a poucas quadras de uma das casas onde viveu outro ilustre poeta pernambucano: Manuel Bandeira.

É autor de *O Clube dos Sete* (2001), *Perigo no sertão: novas aventuras do Clube dos Sete* (2004), *O país sem nome* (2005), *O sumiço: mais uma aventura do Clube dos Sete* (2006) e *Tumbu* (2007), todos publicados pela Editora 34.

SOBRE O ILUSTRADOR

Dave Santana nasceu em 1973 em Santo André, SP. Com formação em publicidade, trabalha para várias publicações como cartunista e chargista e também ilustra livros infanto-juvenis. Suas caricaturas lhe renderam prêmios em vários salões de humor pelo Brasil, e foi premiado com o troféu HQ Mix por seus quadrinhos.

Com Maurício Paraguassu, ilustrou os livros *Meu reino por um cavalo*, de Ana Maria Machado (2004), *No caminho dos sonhos*, de Moacyr Scliar (2005), *O país sem nome* (2005) e *Tumbu* (2007), de Marconi Leal, *Histórias do Brasil*, de José Paulo Paes (2006) e *12 horas de terror*, de Marcos Rey (2006), entre muitos outros. Mais recentemente, publicou os infantis de sua autoria *O pequeno crocodilo* (2008) e *Galo bom de goela* (2011).

COLEÇÃO 34 INFANTO-JUVENIL

Ficção brasileira
Endrigo, o escavador de umbigo
Vanessa Barbara
Histórias de mágicos e meninos
Caique Botkay
O lago da memória
Ivanir Calado
O colecionador de palavras
Edith Derdyk
A lógica do macaco
Anna Flora
O Clube dos Sete
Marconi Leal
Perigo no sertão
Marconi Leal
O sumiço
Marconi Leal
O país sem nome
Marconi Leal
Tumbu
Marconi Leal
Confidencial
Ivana Arruda Leite
As mil taturanas douradas
Furio Lonza
Viagem a Trevaterra
Luiz Roberto Mee

Crônica da Grande Guerra
Luiz Roberto Mee
A pequena menininha
Antônio Pinto
O caminho da gota d'água
Natália Quinderé
Pé de guerra
Sonia Robatto
Nuvem feliz
Alice Ruiz
Dora e o Sol
Veronica Stigger
A invenção do mundo pelo Deus-curumim
Braulio Tavares
A botija
Clotilde Tavares
Vermelho
Maria Tereza

Ficção estrangeira
Cinco balas contra a América
Jorge Araújo e
Pedro Sousa Pereira
Comandante Hussi
Jorge Araújo e
Pedro Sousa Pereira

*Eu era uma
adolescente encanada*
Ros Asquith

O dia em que a verdade sumiu
Pierre-Yves Bourdil

O jardim secreto
Frances Hodgson Burnett

A princesinha
Frances Hodgson Burnett

O pequeno lorde
Frances Hodgson Burnett

Os ladrões do sol
Gus Clarke

Os pestes
Roald Dahl

*O remédio maravilhoso
de Jorge*
Roald Dahl

James e o pêssego gigante
Roald Dahl

O BGA
Roald Dahl

O Toque de Ouro
Nathaniel Hawthorne

Jack
A. M. Homes

A foca branca
Rudyard Kipling

Rikki-tikki-tavi
Rudyard Kipling

Uma semana cheia de sábados
Paul Maar

*Diário de um adolescente
hipocondríaco*
Aidan Macfarlane
e Ann McPherson

O diário de Susie
Aidan Macfarlane
e Ann McPherson

Histórias da pré-história
Alberto Moravia

Cinco crianças e um segredo
Edith Nesbit

Carta das ilhas Andarilhas
Jacques Prévert

Histórias para brincar
Gianni Rodari

A gata
Jutta Richter

*Trio Enganatempo:
Cavaleiros por acaso
na corte do rei Arthur*
Jon Scieszka

*Trio Enganatempo:
O tesouro do pirata
Barba Negra*
Jon Scieszka

*Trio Enganatempo:
O bom, o mau e o pateta*
Jon Scieszka

*Trio Enganatempo:
Sua mãe era uma Neanderthal*
Jon Scieszka

Chocolóvski: O aniversário
Angela Sommer-Bodenburg

*Chocolóvski:
Vida de cachorro é boa*
Angela Sommer-Bodenburg

*Chocolóvski: Cuidado,
caçadores de cachorros!*
Angela Sommer-Bodenburg

O maníaco Magee
Jerry Spinelli

Histórias de Bulka
Lev Tolstói

O cão fantasma
Ivan Turguêniev

A pequena marionete
Gabrielle Vincent

Norte
Alan Zweibel

Poesia

Animais
Arnaldo Antunes e Zaba Moreau

Mandaliques
Tatiana Belinky

*Limeriques
das causas e efeitos*
Tatiana Belinky

*Limeriques
do bípede apaixonado*
Tatiana Belinky

O segredo é não ter medo
Tatiana Belinky

*Histórias com poesia,
alguns bichos & cia.*
Duda Machado

Tudo tem a sua história
Duda Machado

A Pedra do Meio-Dia
Braulio Tavares

*O flautista misterioso
e os ratos de Hamelin*
Braulio Tavares

O invisível
Alcides Villaça

Teatro

As aves
Aristófanes

Lisístrata ou *A greve do sexo*
Aristófanes

Pluto ou
Um deus chamado dinheiro
Aristófanes

O doente imaginário
Molière

Este livro foi composto em Lucida Sans pela Bracher & Malta, com CTP do Estúdio ABC e impressão da Bartira Gráfica e Editora em papel Alta Alvura 75 g/m² da Cia. Suzano de Papel e Celulose para a Editora 34, em fevereiro de 2012.